W0186972

LE TOURBILLON DE LA VIE

Née en 1983 à Châtenay-Malabry, Aurélie Valognes est une écrivaine française. Elle a publié plusieurs romans, dont *Mémé dans les orties*, *Au petit bonheur la chance* ou encore *Né sous une bonne étoile*, qui ont tous connu un succès retentissant et sont traduits dans plus de quinze langues.

Paru au Livre de Poche :

MÉMÉ DANS LES ORTIES (2016)

EN VOITURE, SIMONE ! (2017)

MINUTE, PAPILLON (2018)

AU PETIT BONHEUR LA CHANCE (2019)

LA CERISE SUR LE GÂTEAU (2020)

NÉ SOUS UNE BONNE ÉTOILE (2021)

AURÉLIE VALOGNES

Le Tourbillon de la vie

FAYARD

Contenus pédagogiques à l'intention des enseignants
disponibles sur livredepoche.com

P. 246 : extrait tiré du poème « L'Ombre ». © *L'Ombre*, de Francis Carco, Éditions Albin Michel, 1933.

© Librairie Arthème Fayard, 2021.
ISBN : 978-2-253-94104-0 – 1re publication LGF

ACTE I

Vieillir, c'est pas pour les mauviettes.

Bette DAVIS

1

Le ciel s'assombrit et, au loin, une ondée efface déjà la ligne d'horizon. Les fins de journée sont orageuses ces temps-ci, les nuages susceptibles. Un rien semble les contrarier. La mer, elle, continue son travail de sape contre le banc de sable, contre la falaise aussi. Inlassablement. Elle sera là demain, quelle que soit l'humeur du ciel ou celle des poissons.

Arthur remet sa chemise et crie :

— Reviens, Louis, tu es tout bleu !

— Encore, Papy, encore, s'il te plaît ! Je nage jusqu'à la bouée !

— Louis, une prochaine fois ! Il commence à faire froid.

À regret, Louis sort de la mer en grelottant et se jette avec force dans les bras de son grand-père, qui lui tend la serviette de plage. Après quelques secondes d'un câlin tout mouillé, Arthur le sèche énergiquement.

Bâti comme un trombone à nœuds, avec ses épaules maigres et ses genoux cagneux, le jeune trublion aux cheveux tout ébouriffés arbore une moue réprobatrice :

— Mais pourquoi tu m'as demandé de sortir ?

— Parce que je t'entendais claquer des dents depuis ma paillasse !

— Même pas vrai, bougonne Louis en s'affalant dans le sable.

— Si, je te jure. Tu vas attraper la mort, un de ces jours…

— Je m'en fiche.

Transi de froid, le jeune garçon regarde avec envie le roulement des vagues qui semble l'appeler encore. À peine séché qu'il aimerait déjà repartir, plonger la tête la première, d'un coup, et se laisser porter par le courant, sur le dos, comme un poisson.

Louis a 8 ans. À cet âge, le passé n'est qu'une virgule, le futur, des points de suspension, et le présent, des interrogations.

— Dis, Papy, elle est jamais fatiguée, la mer, de faire des vagues ?

— Très bonne question, mon petit. On viendra vérifier si elle dort, la nuit.

La plage est quasiment déserte. Les touristes s'enfuient dès que le soleil se cache. À droite, leurs seuls voisins sont des grands-parents, qui surveillent de loin la construction ingénieuse de leurs petits-enfants : un château de sable géant, censé résister à la marée montante.

— Ils ont l'air confortables, leurs fauteuils de plage, à ces grabataires là-bas… fait remarquer le grand-père.

— Pourquoi tu t'en achètes pas un ? s'enthousiasme Louis.

— Ça ne serait pas rentable : je ne vais à la plage qu'avec toi, et je te rappelle que tu ne me laisses pas beaucoup m'asseoir, « Monsieur je saute dans les vagues », « Monsieur je nage hyper-loin ». Et puis, je tiens à rester le fringant senior que tu as devant toi ! déclare-t-il en se relevant avec difficulté de sa natte de plage.

Enfin debout, il demande, fier, les mains sur les hanches :

— Louis, je vais chercher une glace. Je te prends comme d'habitude ?

— Oui, s'il te plaît, Papy !

2

Je suis heureux de t'avoir retrouvé, Louis, de t'avoir à mes côtés, heureux que les choses de la vie nous aient à nouveau réunis, pour un temps aussi incertain que défini…

Si tu savais, mon petit, comme j'ai dû batailler avec ta maman pour qu'elle me laisse te garder, pour qu'elle m'accorde sa confiance. On se parle si peu, elle et moi. Avec les années, ses mots sont de plus en plus rares, sa voix, de plus en plus dure. J'ai promis de prendre soin de toi et je le ferai. Même si, à chaque instant, je doute : en suis-je encore capable ?

Peut-être est-ce le dernier été où Nina ose encore te confier à moi. Le dernier été où personne ne connaît mon secret.

Peut-être est-ce le dernier été tout court.

3

Tous les jours, elle est là. La dame des glaces. Il ne connaît pas son prénom, mais il serait prêt à parier qu'il a un goût sucré. Elle l'attend avec son beau sourire, sa peau délicatement hâlée et ses lèvres généreuses, gorgées de gourmandise. Sous son auvent, avec sa visière et son joli chemisier à rayures horizontales roses et blanches, elle rayonne et Arthur voit sa journée s'illuminer.

— Chère Mademoiselle…

— Bonjour, mon bon Monsieur. Quel plaisir de vous revoir ! Comment allez-vous aujourd'hui ?

— Ma foi, comme un petit vieux, on fait aller. Quelques douleurs, de-ci de-là, mais on ne se plaint pas. Et j'ai de la visite, ces temps-ci, dit-il en désignant du regard son petit-fils resté sur la plage. Donc, le moral est bon. Excellent, même ! Ça va toujours mieux, quand on est moins seul…

La jeune femme aperçoit Louis au loin qui court derrière une mouette. Puis elle s'adresse à Arthur avec douceur :

— Alors, qu'est-ce qui vous ferait plaisir aujourd'hui ?

Quand elle lui parle, Arthur a le sentiment de voir une lumière de joie passer dans ses beaux yeux noisette.

— Comme d'habitude, ce sera parfait…

— Le comme d'habitude d'hier ou d'avant-hier ? ose-t-elle, timidement.

— Ah ? Je n'avais pas pris la même chose ? s'étonne-t-il en fronçant les sourcils. C'est étrange… Faites comme hier alors. Cet enfant change d'avis plus souvent que de chemise. Et mettez-moi deux cônes, s'il vous plaît !

Elle plonge généreusement sa cuillère dans le bac à glace ; une mèche de cheveux auburn vient se poser devant ses yeux. Elle la rejette avec élégance, en soufflant délicatement de côté. D'une main hésitante, Arthur ouvre son porte-monnaie, choisit un billet et déclare, comme dans une routine bien rodée entre eux :

— Gardez la monnaie, chère Mademoiselle.

— C'est très gentil. Merci à vous, Monsieur. À demain.

— À demain oui, peut-être…

Marchant comme sur des œufs, la respiration retenue, c'est armé de ses deux cônes qui défient à chaque pas les lois de la gravité qu'il revient vers la plage.

Louis lui lance aussitôt deux yeux ronds :

— Pourquoi t'as pris ce parfum ?

— Tout le monde aime le chocolat, non ?

Le jeune garçon maintient son regard sévère avant de saisir le cône et de soupirer :

— Moi, ce que je préfère au monde, c'est vanille/fraise, tu te rappelais plus ?

4

Depuis quelque temps, les souvenirs s'en vont, un à un. Les plus récents surtout.

Mémo Louis :
Vanille/fraise – important, ne plus se tromper.

J'ai d'abord mis cela sur le compte de la vieillesse. Je n'oubliais que des broutilles, des détails sans importance. Mais j'ai bien senti que les choses s'accéléraient, que les pertes de mémoire s'intensifiaient. Le verdict est finalement tombé le mois dernier. Le mot tant redouté est sorti de la bouche du médecin.

Ta mère ne sait rien du bilan neurologique. Le lui dire serait admettre la maladie. Je m'y refuse. Je ne suis pas encore prêt. Et puis, la connaissant, elle m'en voudrait davantage.

Nina m'en veut depuis toujours. Elle m'en voudra éternellement. De ne pas avoir été assez présent.

J'ai insisté auprès de ta mère, Louis, pour t'avoir à mes côtés.

Je ne sais pas si tu le redoutes, moi, un peu. Ce n'est pas toujours amusant pour un enfant de passer autant de temps avec un vieux monsieur. Encore moins si celui-ci n'est plus tout à fait lui.

Nina s'est finalement laissé convaincre : je crois qu'elle ne veut pas priver son fils de son unique grand-parent. Et puis, l'été, c'est son pic d'activité. J'ai bien senti, même si elle ne l'avouera jamais, qu'elle était soulagée d'avoir une solution pour te garder. De toute façon, s'il y a le moindre pépin, votre maison n'est pas loin. Dix kilomètres à peine.

Nous voilà donc réunis comme chaque année, Louis, mais pas seulement pour quelques jours. Cette fois, toi et moi, c'est pour tout un été.

5

Le garçon hésite encore avec sa glace, qui commence à fondre le long de sa main. Tout le monde aime le chocolat, mais pas lui : Louis n'aime ni sa couleur, ni son amertume. Cependant, la mer lui a donné faim et il s'est déjà privé de son quatre-heures hier. Lorsqu'il se décide enfin, à la première lampée, il se barbouille le visage de cacao. Le grand-père l'observe en silence, puis goûte du bout des lèvres la boule supérieure de son cornet qui menace de tomber. Il redoute la fulgurance du froid au contact de ses dents ; à sa grande surprise, c'est une sensation agréable qui l'envahit :

— Dis donc, c'est délicieux ! Ça faisait longtemps que je ne m'étais pas autorisé ce petit plaisir.

— Bah, oui, Papy, c'est toujours drôlement bon, la glace ! acquiesce Louis la bouche pleine. D'ailleurs pourquoi on n'en mange pas en hiver ?

— Parce qu'il fait trop froid, et que froid plus froid ne font pas bon ménage.

— J'suis pas d'accord, moi.

— Eh bien, jeune révolutionnaire, c'est comme ça. Et quand je te dis de sortir de l'eau, tu sors. D'accord ? Ce n'est pas raisonnable. Tu vas tomber malade et, après, c'est moi qui vais me faire gronder.

— Ça veut dire quoi, « raisonnable » ?

— C'est quand on n'a pas envie de faire quelque chose et qu'on doit le faire quand même.

— Comme les adultes ?

— Exactement.

Pensif, le garçon lèche encore plus goulûment sa glace avant d'ajouter :

— Moi, si c'est comme ça, j'voudrais jamais devenir un adulte…

Le grand-père esquisse un sourire. Dans le ciel, le vent balaye les nuages. Louis hésite, puis reprend :

— Tu sais, Papy, en vrai… j'avais bien vu qu'il commençait à pleuvoir et que les vagues devenaient de plus en plus grosses… Mais je ne peux pas résister. C'est impossible ! Je crois que sauter dans l'eau, c'est ce que je préfère dans la vie, et puis, j'adore me baigner quand il pleut : c'est magique, l'eau, elle devient plus chaude !

Face à eux, la mer s'agite. Comme si elle leur répondait.

— Tu sais nager, toi ? demande le garçon.

— Quelle question ! Bien sûr que oui…

— Alors, pourquoi tu te baignes jamais ?

— Ah, ça… soupire Arthur. Il faut croire qu'avec l'âge on devient frileux. Je n'aime plus l'eau. Je suis comme un vieux chat. Déjà pour ma toilette…

— Pareil ! J'aime pas me laver, mais Maman elle me force, « il faut se décrasser tous les jours », qu'elle dit, et après, en vrai, je pourrais rester des heures dans la baignoire… Et quand j'ai plus du tout envie de sortir, il faut toujours que Maman elle m'oblige à faire l'inverse de ce que je veux. Elle peut pas s'en empêcher, je crois…

— Je vois l'idée… sourit le grand-père.

Partageant la natte de plage, ils contemplent côte à côte la mer qui devant eux continue son ballet de vagues. Elles ondulent dans un ronronnement apaisant, comme un souffle régulier, une respiration paisible. De dos, la petite épaule pointue du jeune garçon effleure celle, plus voûtée, de son grand-père. Ils terminent leur glace en silence, les mouettes et les goélands n'ont même pas eu le temps de s'approcher pour quémander quelques miettes : il ne reste déjà plus rien.

Soudain, sous un pansement qui se décolle, Louis remarque une entaille qui balafre le tibia de son grand-père :

— Tu as quoi à la jambe ?

— Oh, trois fois rien, juste un petit bobo, répond Arthur en essayant de remettre le pansement.

— Tu t'es fait ça comment ? Tu as couru ?

Le grand-père sourit, puis lui tend la main afin de le relever :

— Je suis tombé bêtement. Allez, c'est l'heure de rentrer, mon grand. Surtout si on veut éviter la pluie.

— Mais, c'est les vacances : on a tout notre temps…

— Parle pour toi. On n'a pas le même âge. Plus on vieillit, plus les minutes deviennent précieuses.

Louis secoue énergiquement la tête :

— Tu dis vraiment n'importe quoi, parfois, Papy… On a le *même* temps. Les heures, les minutes, les secondes, ce sont les mêmes pour tout le monde. C'est la maîtresse qui me l'a appris.

— Peut-être, mais n'as-tu jamais remarqué que le sablier prend toujours un malin plaisir à accélérer à la fin ?

— Ah, ça, j'en sais rien ! T'es sûr que c'est pas tes yeux qui voient plus très bien ? T'as p'têt une désillusion d'optique ?

Le grand-père replie toutes les affaires et ils quittent la plage. Chargé comme un baudet, Arthur remonte avec peine la pente sableuse. À chaque pas, il a l'impression de reculer de trois. À cette cadence, il s'épuisera avant d'avoir atteint son but. Devant lui, chantonnant, le pas alerte, Louis a chaussé son seau en guise de casque et laisse flotter sa serviette sur ses épaules.

— Regarde mon ombre, Papy ! On dirait un roi !

La pluie commence à tomber. Chaude, lourde, l'odeur chargée d'été. Au loin, des vacanciers courent, telles des fourmis désorganisées ; ils se mettent à l'abri sous les parasols des terrasses. Louis s'arrête, ferme les yeux et ouvre la bouche. Il avale quelques gouttes de pluie. Le goût des souvenirs d'été au bord de la mer. Arthur frissonne, sa chemise lui colle au torse.

Alors qu'ils empruntent le trottoir vers la maison du grand-père, un très vieil homme poussé en fauteuil roulant leur fait face. Louis attrape le bras d'Arthur et lui demande, stupéfait :

— Dis, Papy, il est mort, le monsieur ?

— Chut ! Il pourrait nous entendre… Enfin, Louis, tu vois bien qu'il n'est pas mort…

— Ah oui ! Tu as raison, il tremble un peu. J'avais pas vu.

— Il fait une balade pour aller voir la mer, pour s'oxygéner, lui explique Arthur, embarrassé par la situation. Elle doit avoir des bras plus costauds que les miens, cette dame, à le pousser dans son fauteuil toute la journée.

— Mais tu crois qu'il va mourir bientôt ?

— Non, je ne pense pas, il est juste très âgé. Et parle moins fort quand même.

— Tu crois vraiment qu'il entend quelque chose ?

— On ne sait pas, alors dans le doute… Tiens, regarde, il se lève, la dame l'aide à marcher. Tu vois, il va très bien, ce monsieur. Il galope même… constate Arthur avec une pointe d'admiration et d'envie. Elle est de plus en plus loin, cette maison, ou c'est moi ?! s'agace-t-il tout à coup. Et il y a toujours eu une petite colline, comme ça ? Ce faux plat n'en finit plus !

Silencieux, le jeune Louis observe le vieil homme et la femme s'éloigner.

— Dis, Papy, quand moi j'aurai 100 ans, tu m'aideras à marcher ?

6

Tu avances dans la vie, moi, je pars dans l'autre sens. Tout semble engendrer une marche arrière inéluctable.

D'abord les petits tracas de l'âge, qui prennent de plus en plus de place, qui avancent leurs pions, deviennent sérieux, empirent, génèrent de nouveaux soucis, et avec lesquels il faut ensuite composer et continuer.

À tes côtés, Louis, tout paraît facile, réalisable, surmontable. Tu me fais du bien, mon petit, tu me distrais. Tu m'emmènes toujours du côté de l'optimisme et de la vie. Avec toi, la mélancolie et l'abattement sont deux amis oubliés.

J'ignore comment évoluera le mal, à quelle vitesse. En attendant, je ne souffre pas. Pas vraiment. C'est la seule maladie qui ne fait mal nulle part.

Sauf à l'ego.

7

De retour de la plage, le visage mal débarbouillé de la glace au chocolat, le jeune garçon s'affale dans le canapé. Il fixe le poste de télévision éteint. Chez lui, il n'a pas le droit de regarder le moindre programme, même en vacances. Mais là, ça lui fait envie, et puis, les interdits, ce n'est bon qu'avec sa mère.

— Ne rêve pas, Louis, la télé ne marche toujours pas, intervient Arthur, devinant les intentions de son petit-fils. Elle et moi, on n'est jamais passés au numérique. Il faudrait que je m'en débarrasse, mais, je ne sais pas pourquoi, je suis attaché à ce vieil écran carré. Si on devait mettre au rebut tout ce qui est démodé, qu'est-ce qu'on ferait de moi ?

— Mais tu pourrais quand même avoir un portable ? tente le garçon, déçu.

— À quoi ça me servirait ? Je n'appelle personne et personne ne m'appelle.

Arthur jette un œil au vieux téléphone à cadran beige posé sur le guéridon près du canapé. Il sonne une fois par jour. À 18 h 30 précises. L'heure à laquelle Nina rentre du travail et appelle son fils. Le rituel est bien rodé : Louis décroche immédiatement ; il sait que sa mère n'aime pas parler à son père. Excepté pour organiser les vacances, c'est Louis qui sert d'intermédiaire. Arthur se dit qu'un jour il décrochera, mais, à chaque sonnerie, il hésite et reste immobile, sentant son cœur se serrer un peu plus fort.

— Et Internet ? relance Louis, arrachant Arthur à ses pensées.

— Très peu pour moi ! J'ai mon encyclopédie en douze volumes, qui sent bon le papier vieilli. Il y a tout ce dont j'ai besoin à l'intérieur !

— T'es pas très moderne, dis donc.

La mine boudeuse et les bras croisés, Louis scrute le salon autour de lui. Les étagères plient sous le poids des livres, rangés minutieusement par noms d'auteurs. Il se demande si son grand-père les a vraiment tous lus, lui qui peine à en finir un seul. La pièce est lumineuse, les murs sont blancs, espacés, le plafond laisse respirer. Le soleil ne demanderait qu'à y entrer davantage, mais de lourds rideaux mangent chacune des ouvertures. Son grand-père semble habiter ici sur la pointe des pieds. Chaque chose est rangée à sa place et n'en bouge pas.

Il n'y a bien que dans la pièce constamment fermée à clé que Louis a entrevu un semblant d'âme, d'objets qui appellent des histoires, des souvenirs.

Ce petit bureau est un mystère. Le seul endroit où Louis n'a jamais eu le droit de pénétrer.

— On fait quoi demain ? s'inquiète brusquement le garçon.

— Demain, demain, demain… Tu n'as vraiment que ce mot à la bouche, s'amuse Arthur. On verra bien !

— Mais sinon, je m'ennuie. D'ailleurs, on va faire quoi maintenant ?

— Bah, fais comme moi.

— Tu fais quoi, toi ?

— Je m'ennuie en silence !

Louis soupire et dévisage son grand-père. Celui-ci ressemble à son mobilier, à moins que ce ne soit l'inverse. Charpenté comme une armoire normande, avec ses épaules de nageur et ses coins arrondis dans les angles, il détonne partout où il porte sa carcasse. Il impressionne autant par sa taille que par le poids du monde qu'il porte sur ses épaules.

— On fait un jeu ?

— Un jeu ? Je ne suis pas équipé…

— Si, regarde !

Louis grimpe sur un tabouret et se hisse sur la pointe des pieds pour attraper un échiquier rangé en haut de la grosse armoire.

— Alors ! On joue ?

— Si tu veux ! Mais, après, tu n'échapperas pas au bain.

— J'espérais que t'avais oublié…

— Allez, je prends les noirs et toi les blancs. Tu commences, mon petit.

Arthur se rend vite compte que Louis a l'air de savoir ce qu'il fait. Ses cavaliers à peine sortis, le garçon lui tend des pièges, son visage poupin restant impassible.

— Comment se fait-il que tu te débrouilles si bien ?

— Maman m'a appris.

— Moi, ça fait très longtemps que je n'y ai pas joué. Je sens que tu vas me battre à plates coutures. J'y jouais tout le temps avec mon frère, quand j'avais à peu près ton âge.

— Oh ! C'est vrai ? T'as un frère ? T'as de la chance ! Il s'appelle comment ?

— Il s'appelait Oscar.

En prononçant ce prénom après tant d'années, Arthur vient de ranimer de vieux souvenirs. Ils remontent aussitôt, chargés de regrets. Il reste silencieux.

— Y en a un dans ma classe, mais je l'aime pas trop. Il est où, ton frère ? On pourra aller le voir ?

Le grand-père baisse les yeux, fuyant l'enthousiasme de Louis.

— On s'est perdus de vue… Je ne sais plus exactement pourquoi, mais, un jour, on s'est brouillés…

— Comme des œufs ?

— Comme des imbéciles, oui.

— Mais, vous vous êtes réconciliés, quand même ?

— Non, on est restés fâchés et… on n'a plus jamais joué ensemble.

— C'est triste. Maman dit qu'il faut apprendre à pardonner ou à oublier sa colère.

— Elle dit ça, ta mère ? C'est étonnant…

— Ben, sinon, c'est dur de vivre avec tout ça, non ?

— C'est la vie. On a pris des chemins différents et…

Les yeux d'Arthur se voilent. Le garçon s'empresse d'ajouter :

— Moi aussi, ça m'est déjà arrivé de me tromper de chemin, tu sais, alors qu'en vrai j'ai un super sens de l'orientation, bien meilleur que celui de Maman ! Il me suffit de penser au Petit Poucet ou de regarder le soleil, et je retrouve à coup sûr la bonne route. Faut pas avoir peur, Papy ! On retrouve toujours son chemin dans la vie !

8

À force de passer des heures dans le bain, mon frère et moi avions inventé notre propre langue, un langage secret, que nous seuls comprenions. Au début, ce n'était pas fameux : « Bzour » pour « Bonjour » et « Voireau » pour « Au revoir ». Chaque jour, nous perfectionnions notre code, à tel point qu'il était devenu indéchiffrable, un véritable casse-tête, même pour nous. Nous avions été si persévérants que, au bout de quelques semaines, nous ne communiquions plus qu'ainsi. À table, personne n'y comprenait rien. Cela faisait pester notre mère. Notre père ne disait rien, lui. Il n'a jamais dit grand-chose. Il est né d'accord. D'accord avec tout le monde, avec elle surtout. Ma mère ne lui a pas laissé le choix. Il est mort comme il a vécu, sans faire de bruit.

9

Louis est chaque fois impressionné lorsqu'il pénètre dans la salle de bains démesurée de son grand-père. Il a l'impression d'être Louis XIV qui fait sa toilette à Versailles. Le marbre blanc, les éviers aux robinets anciens et surtout la baignoire aux pieds de lion. Il devine les griffes rétractiles dès qu'il s'approche pour prendre son bain. Lui qui était déjà timoré, doit prendre son courage à deux mains.

— Allez, au bain, Porcelet ! Il faut que tu enlèves tout ce sable qui colle à ta peau avant d'aller te coucher. Tu en as partout, dans les cheveux, dans les narines, même dans les trous d'oreilles. Ça va coller avec le cérumen et tu vas me faire un bouchon.

Arthur lui tend le savon.

— Mais dis-moi, Papy, la cire humaine, celle des oreilles : c'est les abeilles qui la font aussi ?

Arthur laisse échapper un éclat de rire :

— Tu crois qu'elles viennent avec leurs petites pattes la nuit pour s'occuper des oreilles de tout le monde ?

— Bah, il y a bien un marchand de sable. Pourtant ça pique, le sable, dans les yeux !

Le grand-père sourit à la logique imparable du garçon.

— Tu peux mettre de la mousse dans la baignoire ? reprend Louis enthousiaste.

— De la quoi ?

— Bah si, tu sais… de la mousse avec des petites bulles. Maman, elle veut jamais que je vide l'intégralité du gel douche dans le bain…

— Non, je ne sais pas. Je ne prends pas de bain, moi, je m'ennuie toujours dans l'eau.

— Ah bon, même quand t'étais petit ?

— Je ne me souviens plus bien, c'est si loin…

Le jeune garçon déverse un quart du bain moussant dans l'eau chaude, sous le robinet, et attend en trépignant que la baignoire soit remplie avant de s'y glisser. À peine est-il immergé qu'il prend à pleines mains la mousse du bain et se dessine une crête sur la tête.

— Qu'est-ce que tu fais ? s'étonne Arthur.

— Je fais le requin !

Arthur attrape alors un peu de mousse et l'étire à son tour sous le menton.

— Attends… Et moi, devine qui je suis ? Ho ho hooooo… martèle le grand-père de sa voix la plus rauque.

— Le père Noël ! C'est trop facile ! Tu l'imites vachement bien, avec ta voix du pôle Nord.

Louis se coiffe d'une cascade de mousse, qui lui retombe sur les épaules, et se lève d'un air précieux. Arthur répond par une révérence et ajoute d'une voix de valet de chambre :

— Cher Roi-Soleil, désirez-vous que je vous lavasse ?

— Tu fais drôlement bien les voix, Papy. Comment tu fais ?

— Il faut un peu d'oreille, beaucoup d'expérience et un grain de folie. Qu'est-ce que tu traficotes maintenant ?

Louis rassemble le peu de mousse qu'il reste et s'en couvre le visage, à la façon d'un entarté.

— Je me fais une barbe ! Comme les grands. Tu crois qu'un jour j'aurai vraiment de la barbe ou une moustache ?

— Aussi sûr que 2 et 2 font 4.

— Alors, tu peux m'apprendre à me raser ?

Ils se tournent ensemble vers le grand miroir qui longe la baignoire et explosent de rire en voyant leurs têtes barbues de la cime du crâne au menton. Ils échangent un regard complice, puis attrapent chacun leur peigne tandis que le grand-père explique :

— Tu vois, le plus important, c'est de connaître le sens du poil, de connaître ton visage sur le bout des doigts pour faire en sorte que la lame épouse chaque contour et chaque recoin. Ce n'est pas sorcier, fais comme moi, je te montre. Le plus dur, c'est la pomme d'Adam, tu verras quand tu en auras une. Moi, je ne vois plus grand-chose, mais je pourrais le faire les yeux fermés.

— C'est ton père qui t'a appris ?

— Non. J'aurais aimé. C'est mon grand-père. Dans les moments importants, il a toujours été là pour moi.

10

C'est étrange, ces derniers temps, des souvenirs lointains remontent d'un coup. Est-ce le fait d'être avec toi, Louis ?

L'autre jour, je me suis rappelé le tablier bleu de Pépé, celui avec ses petits pois blancs et son odeur de savon de Marseille. Dans la poche avant, il y avait toujours un peu de lavande. Quand je l'enlaçais, je respirais un grand coup, jusqu'à ce que ça me monte à la tête. L'odeur du bonheur.

Le soir, je cueillais quelques fleurs après les avoir frottées entre mes mains, et je les glissais sous mon oreiller. Je savais alors que la nuit serait bonne.

Peut-être qu'il manque simplement un brin de lavande à mon sommeil ?

11

Le soir, l'air est doux à cette époque de l'année. Le ciel se pare de sa robe orange. La luminosité de l'été permet de profiter du dehors jusqu'à tard. Arthur retrouve Louis accroupi dans le jardin, les jumelles devant les yeux.

— C'est magique, Papy ! Tu as vu toute cette colonne de fourmis, en file indienne ?

— Louis, tu tiens les jumelles dans le mauvais sens.

— Non, c'est fait exprès ! Comme ça, je vois mieux les bouts de pain qu'elles transportent !

— Viens plutôt m'aider à préparer le dîner, s'il te plaît.

— J'ai pas trop envie… Je suis sûr que je vais louper le spectacle. Il y a forcément une fourmi qui va faire tomber une miette et ça va créer un embouteillage gigantesque…

— Je ne te demande pas si tu en as envie.

— D'accord… mais c'est nul de faire des corvées.

— C'est la vie. Si tu veux manger, il faut d'abord préparer le dîner. Comme les fourmis !

Installé sur la table ronde en fer forgé, Arthur équeute des haricots verts, profitant des derniers rayons de soleil de la journée. La main appuyée contre sa joue, Louis le regarde distraitement, ignorant le petit tas de haricots déposé devant lui en guise d'invitation.

— Tiens, Louis, va remplir ce bol de tomates cerises, s'il te plaît. Elles sont là, près du muret.

Le jardin du grand-père ne ressemble à aucun autre. Au centre, un bassin accueille des carpes devenues énormes avec le temps. Dans le coin gauche, il y a un ancien kiosque à musique à la peinture blanche défraîchie, autour duquel une glycine cherche appui. Arborée et à l'ombre, l'herbe n'a pas encore jauni. Les arbres ne se sont pas débarrassés de leurs feuilles. Il ne fait pas trop chaud ces temps-ci. Quelques roses, hortensias, rhododendrons et agapanthes colorent le tableau.

Si Louis a trouvé facilement les grappes, le bol ne se remplit pas bien vite. Pour une tomate cueillie, une autre doit être avalée : il faut savoir se montrer intransigeant avec la qualité de la récolte.

Tout près de lui, derrière le grillage du jardin, quelqu'un épie le grand-père et son petit-fils. Si Arthur fait mine de ne pas y prêter attention, Louis engage spontanément la conversation.

— Vous êtes Micheline, c'est ça ?

La nonagénaire rougit.

— Oh, ton grand-père t'a déjà parlé de moi ! se réjouit-elle en ajustant nerveusement son châle. Il est incorrigible... Tu es là pour l'été, mon garçon, n'est-ce pas ?

Arthur fait quelques pas vers sa voisine, la salue poliment d'un discret signe de tête et appelle son petit-fils.

— Viens voir, Louis ! Il y a deux papillons magnifiques, là !

Louis s'approche, intrigué. Arthur lui chuchote alors :

— Je te préviens, Micheline est très gentille, mais elle est extrêmement bavarde. Une fois qu'elle est lancée, c'est difficile de s'en défaire...

— J'ai l'impression qu'elle t'aime bien... le titille le garçon.

— Je suis le seul homme du voisinage, toutes les mémés du quartier sont folles de moi, se justifie-t-il avec une pointe de fierté.

— Maman, elle dit que t'es connu, Papy, et que c'est pour ça que les gens se retournent parfois dans la rue. Moi aussi, on me connaît un peu, tu sais. Sur le chemin de l'école, je dis bonjour à plein de monde !

— Regarde ce que je voulais te montrer ! l'interrompt Arthur. Tu as vu, les deux vulcains qui dansent ? Depuis des générations, chaque année ils se retrouvent, leurs ascendants étaient là avant nous et leurs descendants seront là après nous. Ils sont très territoriaux et sont prêts à se battre pour leur perchoir.

Louis est intrigué. À pas de loup, le garçon avance pour profiter davantage du spectacle, espérant secrètement qu'un des papillons se pose sur sa tête ou son doigt. Les vulcains continuent de virevolter et se prélassent désormais à quelques centimètres du garçon. Il tente une approche.

— Oh ! Regarde, j'en ai attrapé un ! Je suis trop fort ! Hein, c'est vrai, Papy ?

Le sourire de Louis s'efface tout à coup.

— Bah… Pourquoi il bouge plus, le papillon ?

— Il ne bougera plus, se désole Arthur en ouvrant délicatement sa petite paume.

— Il est… mort ?

Les yeux de Louis se gonflent aussitôt de larmes.

— Tu n'as pas fait exprès, Moussaillon.

En silence, ils regardent l'autre papillon qui, seul, continue de tourner en rond, inlassablement, à la recherche de sa moitié.

— Je ne voulais pas faire ça, Papy… Je savais pas… J'te jure.

— Je sais bien, mon Louis. Si ça se trouve, il était très vieux, ment le grand-père.

— Ça vit combien de temps, un papillon, mille ans ?

— Un peu moins… entre un jour et six mois ! Ne t'inquiète pas. C'est la vie. Il va servir de repas à un rouge-gorge ou à une musaraigne.

— Oh non ! On peut pas laisser faire ça.

— Bon. J'ai une idée. Viens avec moi, je vais te montrer quelque chose.

Délaissant le bol de tomates et les haricots équeutés, ils pénètrent dans la maison et se dirigent vers un long meuble aux multiples tiroirs. Arthur en sort une mince planche de bois, une boîte d'épingles multicolores, un rouleau de papier cristal et une pince entomologique.

— Tu vas m'aider et après on dînera : découpe soigneusement des bandelettes très fines aux ciseaux.

L'enfant s'exécute, appliqué.

— Très bien, Louis.

— On dirait qu'on va faire une momie, remarque le garçon en retrouvant le sourire, sous le regard amusé de son grand-père, qui reprend aussitôt sa leçon de choses.

— J'épingle les bandelettes en haut de l'étaloir, comme ça. Maintenant passe-moi la pince et regarde. Il faut faire attention aux antennes. Il ne faudrait pas qu'elles se cassent.

Louis retient sa respiration, très impressionné par la précision des gestes de son grand-père.

— Puis tout doucement, on déplie chaque aile, on appose délicatement la bandelette par-dessus et on épingle la bande de papier. Jamais, entends-tu, jamais on ne met d'épingles directement sur les ailes. Tu vois, elles sont légèrement abîmées, là où tu l'as attrapé, mais ce n'est pas visible pour un œil non averti.

Louis observe attentivement. Il faut en effet y regarder de très près pour constater les traces de sa maladresse.

— Voilà, le papillon est étalé, annonce Arthur. C'est fini pour aujourd'hui. On le laisse reposer un mois, à l'abri des anthrènes. Après, je le mettrai dans un petit cadre et je te le donnerai quand tu reviendras.

— Tu en as, toi, des papillons ?

Arthur sort une pleine boîte avec une vingtaine de lépidoptères. Louis est émerveillé.

— Mais attends, tous les papillons dans les boîtes, là… Tu les as attrapés toi-même, Papy ?

— Oui, mais pas n'importe comment. Avec un filet. Tu sais, Louis, on ne protège que ce que l'on connaît. Maintenant, je sais que tu vas protéger les vulcains. Tu ne mettras pas le papillon au soleil, surtout.

— Pourquoi ?

— Parce que sinon, il va perdre ses couleurs et devenir tout blanc. Tu pourras accrocher le cadre au mur, mais sans soleil direct.

— D'accord. Mais comment tu sais tout cela ?

— C'est mon grand-père qui me l'a appris.

Petit, Arthur passait son temps à caresser les bêtes qui traversaient leur champ et restait à observer les chevreuils à l'orée de la forêt, à la tombée du jour. Quand il avait fallu piquer le chien de son grand-père, il s'était accroché au cou de l'animal en pleurant. Son frère Oscar avait regagné leur chambre, mais lui avait refusé de quitter l'animal et il avait passé la dernière nuit à ses côtés. Tout autant pour en profiter jusqu'au bout que pour partager sa peine et ancrer son amour au plus profond. Il n'avait jamais supporté les séparations, les au revoir, encore moins les fins d'histoire. Alors les adieux éternels, cela le dépassait.

— C'est lequel, ton papillon préféré ? demande Louis.

— Il n'est pas dans la boîte. Je ne l'ai jamais vu, mais ce n'est pas faute d'avoir crapahuté en montagne pour le chercher. Il s'appelle l'alexanor. Il est très proche du flambé.

— Humm, maugrée le garçon. Ça me fait une belle jambe ! J'vois pas du tout à quoi ils ressemblent, ni l'un ni l'autre.

Arthur extirpe alors un vieux livre poussiéreux de son étagère et l'ouvre à la page des Papilionidae. Louis y découvre un grand lépidoptère jaune avec des rayures noires, une sorte de petite queue, et sur les ailes postérieures un ocelle rouge, ainsi qu'une bande sombre ornée de bleu.

— C'est vrai qu'il est hyper-beau… Peut-être qu'un jour tu en auras un ?

— C'est une espèce protégée désormais. Ce que j'aimerais surtout, c'est le voir en vrai. Il ne vole que deux semaines par an et, chaque fois, j'arrive soit trop tard, soit trop tôt. C'est la vie…

Arthur lui ébouriffe les cheveux, puis retourne dans la cuisine pour plonger les haricots dans l'eau. Louis attrape les assiettes et les couverts que lui tend son grand-père, et, tout en continuant à pépier, il dresse le couvert.

La porte-fenêtre de la cuisine est ouverte sur le jardin. Le silence est revenu avec le souvenir du papillon disparu. Soudain, Arthur s'exclame :

— Oh, regarde, Louis, vite, viens voir !

Tous deux sortent en trombe.

— Tu as vu ? Le mâle vulcain a déjà retrouvé une compagne avec laquelle virevolter !

— C'est incroyable ! Il a une nouvelle amoureuse. Tu crois qu'ils vont faire des bébés ?

— La femelle avait déjà pondu des œufs. Tu vois ces orties, là, il y en a un sur cette feuille, et sur celle-là aussi. C'est pour ça que c'est important de toujours laisser quelques orties dans les jardins. Allez, viens, on rentre. Finis ton dîner, ensuite lavage de dents et au lit !

Dans son lit d'appoint, Louis s'emmitoufle dans sa couverture. Arthur l'embrasse sur la joue.

— Extinction des yeux, mon petit.

— On dit « des feux », Papy.

— Je sais, mais c'est ma petite invention personnelle… Tu veux que je te fasse le « sushi » ?

— C'est quoi ?

— Quand je te borde, serré de partout, à gauche, à droite, et replié sous les pieds.

— Comme une momie ? exulte le garçon. Carrément que oui…

Le grand-père s'applique. Il rabat chaque coin pour épouser le petit corps de Louis et finit par ajouter une lourde couverture sur lui pour créer un poids chaud sur le dessus.

— C'est super, le sushi ! J'peux plus bouger. Dis, Papy, le papillon, il aurait pu attendre quand même et être un peu malheureux pour sa copine… Même moi j'ai été plus triste que lui, fait remarquer Louis, vexé.

Arthur soupire :

— Personne n'est irremplaçable.

— Comment ça ? demande le jeune garçon en essayant de se redresser malgré le poids des couvertures.

— Tout le monde doit laisser sa place à un autre, tôt ou tard.

Le grand-père marque une pause et regarde par la fenêtre. Il y a des choses qu'il n'est pas nécessaire de dire aux enfants. Pas tout de suite, en tout cas.

Dehors, des volutes de fumées de nuages embrasent le ciel. Le soleil se couche sans modestie ce soir-là. Il explose une dernière fois, impose sa beauté de feu avant que la nuit tombe et recouvre le spectacle de son rideau.

Le grand départ. Quand les derniers grains du sablier s'écouleront. Quand les vagues effaceront les dernières traces sur le sable, et le temps, les derniers souvenirs.

Arthur le sait, le temps travaille contre lui. Il vide sa mémoire, estompe les beaux moments, retourne ses sentiments, fait éclater des émotions, des tensions parfois aussi. Il n'a qu'à laisser faire. Le temps fera son œuvre, grignotant tout et balayant son cerveau tel un courant d'air, ne laissant qu'une bulle, des trous, un point d'interrogation, trois points de suspension. Parfois, il se met à pleurer, lorsqu'il se sait seul, parce que c'est trop bête, trop injuste, et qu'il faut bien que cela déborde.

La pendule indique 22 heures. Il se fait tard.

— Ne t'inquiète pas, mon petit, répète-t-il, en tirant le rideau, j'ai passé un contrat avec Dieu. Moi, je voulais vivre l'éternité. Alors, une fois, je suis allé le voir, et je lui ai dit : « Je veux être immortel. » Il m'a répondu : « Là, vous exagérez, cher Ami ! » Alors, on a discuté longuement, puis il a cédé : « Allez, je suis d'accord, vous vivrez la moitié de l'éternité. » J'ai accepté. J'ai trouvé que c'était un bon compromis.

— Comment sauras-tu quand ce sera pile la moitié ? interroge Louis, soucieux.

— En vérité, c'est moi qui déciderai. Je lui ferai un petit signe lorsque je commencerai à trouver le temps long…

12

La nuit, je ne dors plus. J'ai peur de la mort, de son ombre qui se rapproche, je sais que c'est ridicule, mais j'ai peur quand même.

Le ridicule ne tue pas. Mais la mort, si.

13

À en croire les généreuses coulées ambrées sur la table, Louis a trouvé tout seul le pain tranché et le pot de miel maison. Il semble même avoir englouti un généreux petit-déjeuner. Lorsque Arthur émerge de sa chambre, avec sa robe de chambre et ses pantoufles à la couleur passée, le moulin à paroles démarre sa musique matinale. Si l'appétit vient en mangeant, la logorrhée aussi.

Arthur est un dort-tard et un râle-tôt. Pas du matin depuis toujours. Mais, avec les années, le sommeil se fait plus rude, de longues insomnies lui tiennent compagnie la nuit. Le sommeil revient quand le soleil se lève, comme s'il était enfin soulagé de voir que la vie reprend.

Les sourcils froncés, il saisit la cafetière et se sert une pleine tasse fumante, avant de s'asseoir en face du jeune garçon, qui le fixe de manière déconcertante :

— C'est bizarre, Papy, tes yeux sont différents. Comme si on y avait éteint la lumière.

Le grand-père aimerait répondre, mais aucun son ne sort de sa bouche. Le matin, sa voix se fait de plus en plus capricieuse. Il faut lui laisser le temps, la chauffer un peu. Arthur se racle la gorge et murmure enfin :

— Pas étonnant, je n'ai pas dormi de la nuit. Quelques heures seulement, au petit matin…

— Comment t'as fait ? Moi, j'ai déjà essayé de ne pas dormir du tout et j'ai jamais réussi…

Arthur sourit. Il avait bien vu : lorsqu'il s'était réveillé et qu'il avait écouté la respiration du garçon, lente, régulière, profonde. Louis dormait du sommeil du juste, de l'innocent. Loin des soucis de la vie.

— En vérité, Louis, je n'ai aucun problème pour m'assoupir. Mais, si j'ai le malheur de me réveiller, c'est foutu. Je ne me rendors jamais.

— Et tu fais quoi, alors, toute la nuit ?

— J'attends.

— Bah, dis donc, ça doit être rudement long…

Le grand-père avale une dernière gorgée de café et repose devant lui sa tasse ébréchée.

— Papy, pourquoi tu fermes la porte de ton bureau à clé ? J'ai essayé d'y entrer et c'était impossible.

Arthur marque un silence avant de répondre à son petit-fils, les yeux fixés sur sa vieille tasse.

— Cette pièce contient ce que j'ai de plus précieux et personne n'a jamais eu le droit d'y pénétrer sans moi. Qu'est-ce que tu voulais y faire ?

— Voir si mon papillon avait passé une bonne nuit…

Arthur ne peut réfréner une joie intérieure : l'entomologiste en herbe semble mordu.

— Très bonne raison, mon petit. Ferme les yeux, s'il te plaît.

Intrigué, le jeune garçon s'exécute. Le grand-père se dirige vers une mouette en résine posée sur l'étagère et y saisit une clé accrochée sous le socle. Louis n'a rien manqué de la scène et suit son grand-père jusqu'au seuil de la pièce interdite.

Avant d'ouvrir la porte, Arthur le met en garde :

— Tu m'attends ici, d'accord ?

Le cœur battant, le garçon hoche la tête et reste sagement à l'entrée du bureau. Il tente d'y jeter un œil, mais Arthur revient déjà, l'étaloir à la main.

Lorsque Arthur lui montre son papillon derrière les épingles multicolores et les bandelettes blanches, le sourire de Louis est un soleil radieux. Le vulcain est encore plus beau que dans son souvenir. Il a hâte de pouvoir le récupérer et de le mettre dans sa chambre.

Le petit garçon lève soudain le regard et désigne un objet qu'il distingue derrière son grand-père sur une étagère :

— C'est quoi, ça ?

Arthur se retourne et se rend compte qu'il a laissé la porte grande ouverte :

— C'est rien, c'est pour faire beau. Mais, en vérité, c'est plus un nid à poussière qu'autre chose. Allez, viens, mon garçon.

Louis fait une moue décontenancée et demande :

— C'est qui, « Ferbo » ?

— Comment ?

— Tu as dit c'est pour « Ferbo ». Moi, je pense que tu devrais le garder pour toi. Ça ressemble à un trophée de cinéma…

— Quand tu as une idée en tête, toi, tu ne l'as pas ailleurs !

— Tu trouves pas qu'on dirait une statuette de film ? poursuit Louis, sans rien écouter des remarques de son grand-père. T'es un héros de cinéma ou quoi ? demande le jeune garçon, les yeux pleins d'une nouvelle lueur.

— Non, de théâtre surtout.

— Ah…

Arthur va chercher le trophée en question et revient :

— Cette récompense, c'était pour un rôle au théâtre, et l'autre qui était derrière, c'était effectivement pour un film.

— Mais alors, maman a raison, t'es connu ? Et moi, peut-être aussi du coup ? poursuit le garçon, de sa logique d'enfant.

Le grand-père soupire.

— Louis, le succès et la célébrité n'ont rien d'enviable, crois-moi. Le succès, ça te remplit de doutes, alors que la célébrité, ça te rend suspicieux : tu vois, tous les deux ne se marient pas très bien avec le bonheur.

— Mais, quand même, ça a l'air cool… Tu préférais le théâtre ou le cinéma ?

— Le théâtre. Sans hésitation.

— C'est nul, non ? C'est quoi en fait ?

— Le théâtre, c'est la vraie vie. On est dans l'instant, le moment suspendu, l'accident aussi. Pas dans l'attente ou dans la quête insatiable de la scène parfaite. Au théâtre, les moustaches se décollent, les comédiens trébuchent, les perruques bougent. Tu te plantes en direct, mais le spectacle doit continuer. Il faut savoir se relever et reprendre, rectifier le tir aussi, pour garder le cap. Et parfois, il y a les fous rires. Combien de souvenirs a-t-on dans une vie de véritables fous rires ? Les acteurs les collectionnent plus que les trophées, crois-moi, Louis. Mais, le théâtre, c'est éphémère aussi. On ne laisse rien derrière soi, pas une pellicule, juste le moment présent, aussitôt évanoui. On n'existe que dans le souvenir des autres.

Louis est captif. Ses pensées tourbillonnent, il les suit, s'absente du monde réel et, tout à coup, y revient, avec une étincelle dans le regard :

— Tu m'apprendras à jouer ?

— Non.

— Pourquoi « non » ?

— Parce que j'ai arrêté depuis longtemps.

Le jeune garçon reste pensif.

— C'est bizarre ! On a toujours besoin de vieux monsieurs pour mourir dans les films, non ? En tout cas, j'suis sûr que ça ne s'oublie pas, le cinéma ! C'est comme les échecs, le vélo ou les papillons.

— Peut-être, mais, moi, il y a des choses que je préfère oublier.

— S'il te plaît, Papy. J'ai envie…

— Non, Louis. Dans la vie, on n'a pas toujours ce qu'on veut.

— Bah, si c'est ça… c'est nul, la vie.

14

D'abord, le téléphone qui ne sonne plus, les partenaires qui ne passent plus, les impresarios qui ne prennent, ni ne donnent, plus de nouvelles.

Qu'y a-t-il de pire pour un acteur que de perdre la mémoire ? Savoir qu'on ne sait plus est déjà dur. Oublier les rôles et tous ces mots qu'on a su par cœur est une souffrance. Mais être oublié des autres est la mère de toutes les punitions.

Alors, j'oublie à mon tour. J'oublie les gens. J'oublie les raisons. Je m'en invente d'autres... Est-ce ma faute ? L'ai-je cherché ? Ai-je tout fait pour que l'on m'abandonne, me mette sur la touche, me délaisse en coulisses ?

Ne plus être capable de le cacher aux autres, devoir mentir aux siens. Ne pas dévoiler son jeu, sa faiblesse.

Il ne me reste aujourd'hui qu'à jouer, faire semblant – fut un temps, je n'étais pas trop mauvais. Cacher, mentir pour rester vivant parmi les vivants. Pour te voir grandir, Louis, en profiter encore un peu. Pour qu'on ne t'enlève pas à moi. Pas immédiatement. Pour ne pas être enterré maintenant, pas le cœur battant.

Jouer la comédie pour que la tragédie ne se voie pas. Jouer mon meilleur rôle, peut-être. Le dernier, assurément.

15

La matinée file sans qu'Arthur s'en aperçoive. Les cheveux ébouriffés, le pyjama débraillé, le grand-père observe la rue par la fenêtre, quand soudain une voiture se gare devant chez lui.

— Ah non ! La voilà, et je ne suis pas du tout habillé !

— Qui ?

— *Garde-à-vous !* Elle est en avance. Elle m'agace à toujours venir à l'heure qui lui chante, un coup avant, un coup après. Jamais quand je l'attends.

Celle-ci, il ne l'aime pas. Et c'est réciproque. Elle le lui fait bien sentir. Il avait pourtant beaucoup aimé l'infirmière précédente. Il avait écrit à la mairie pour qu'elle revienne, il avait insisté, mais on lui avait répondu par la négative. Soucieux qu'il puisse trop s'attacher. Avec la nouvelle, il n'y a pas de risques. Cela fait deux ans qu'elle vient chaque semaine et il n'y a pas le début d'un rapprochement entre eux.

Arthur enfile rapidement une chemise, des chaussettes et va s'allonger sur son lit.

— Tu vas voir, avec elle, c'est militaire, dit-il à Louis, qui le rejoint.

— Elle s'appelle vraiment *Garde-à-vous* ?

— Je ne pense pas, enfin… je n'espère pas pour elle !

— Pourquoi elle vient ? On dirait un docteur… Tu es malade ?

— Pas du tout, mais, à mon âge, c'est bien de contrôler et de vérifier régulièrement que tout va bien.

— Comme pour les voitures ?

— Exactement. Et puis, elle va changer mon pansement à la jambe. Tu sais, moi, une petite coupure de rien du tout et ça met des semaines à cicatriser…

Même si les tracas du vieillissement l'embarrassent comme tout un chacun, Arthur ne se plaint pas. Se plaindre, c'est chercher la pitié. Et il ne veut jamais lire cela dans le regard d'un autre.

Christiane Morin frappe à la porte trois coups secs et entre sans attendre qu'on lui ouvre. Elle en impose. Sa carrure frôle les huisseries et ses mains puissantes déplient ses affaires avec une grande dextérité. Elle se les lave énergiquement, se retourne vers Arthur et relève le pantalon de pyjama pour dévoiler sa jambe. Elle enlève le pansement d'un coup sec.

Louis est resté près de son grand-père, comme un insecte attiré par la lumière. Il est stupéfait par la taille de la blessure.

— Il ne faut pas s'inquiéter. Ce n'est pas douloureux, juste embêtant, tente de le rassurer Arthur.

La plaie est encore à vif, une belle entaille parcourt le tibia.

— Et carrément impressionnant… complète Louis, bouche bée.

— Vous pouvez arrêter de parler, s'il vous plaît, les interrompt Christiane. J'aimerais entendre quelque chose dans mon stéthoscope. Respirez la bouche ouverte, comme je vous l'ai demandé, Monsieur.

— Pas commode, je te l'avais dit, chuchote Arthur en envoyant à l'infirmière son sourire le plus hypocrite.

— Votre bras, pour la tension.

Elle fait une moue, visiblement peu satisfaite.

— C'est bas, tout ça. Vous prenez toujours vos médicaments ?

Arthur opine du chef et *Garde-à-vous* commence à remballer son matériel. Elle est restée moins de quinze minutes.

— Elle est pas très gentille… remarque le jeune garçon. Elle parle comme elle retire les pansements !

— C'est bien dit, ça ! Elle n'est pas polie, non plus. Elle ne t'a même pas dit bonjour, comme si tu n'étais pas dans la pièce.

Louis reste silencieux, il a l'habitude que les adultes ne se préoccupent pas de lui. Ils font souvent ça avec les enfants. De loin, il observe le sac plastique de la pharmacie qui traîne sur la commode.

— C'est quoi, les médicaments que tu dois prendre ?

— Oh, trois fois rien. Je suis obligé de prendre de l'eau au magnésium.

— Celle qui a le goût dégoûtant ?

— Oui, c'est moche de vieillir. Et je prends des comprimés de charbon aussi.

— Le charbon, comme pour les enfants punis à Noël ?

— Exactement ! J'aurais dû être plus sage dans ma vie.

16

Noël.

Depuis toujours, pour Noël, je me montrais bien sage, et, pourtant, chaque fois, je n'avais droit qu'au strict minimum. Un petit cadeau, et jamais celui que je désirais.

J'en avais d'abord voulu au père Noël, puis j'avais cru que mon frère recevait plus de cadeaux parce qu'il était plus grand.

Jusqu'à ce matin-là, le Noël de mes 8 ans, où, l'ayant mis à l'épreuve pendant plus d'un an et voyant qu'il ne répondait à aucun de mes signes, je m'étais rendu compte que le père Noël n'existait pas.

Plus qu'une révélation, ce fut un choc. À cet instant, précisément, j'avais compris l'amour et l'absence d'amour.

Ce n'était donc pas un oubli ou une coïncidence hasardeuse si mon frère recevait tous les cadeaux dont il rêvait, et moi non. S'il en recevait tant qu'il ne parvenait pas à les compter, alors que, chaque fois, moi, je ne méritais rien de plus que de la désillusion.

C'était une injustice délibérée.

Jusqu'alors, je n'avais pas comparé, pas compté. Quand on aime, on ne compte pas, pensais-je. Un baiser en plus, un regard en moins ; qu'est-ce que cela changeait ?

Désormais, j'avais envie de recevoir ma part. Qu'une fois, une unique fois, elle m'accorde ce sourire, cette lueur pétillante dans son œil d'habitude si noir. Mais, avec elle, il n'y aurait jamais de plus, ni de trop. Juste du rien, du néant, du vide.

Alors, à l'indifférence, au néant, je préférai la punition et la réprobation, l'affront et le mensonge.

Et plus jamais, pour Noël, je ne serais sage.

17

Louis s'assoit sur le lit de son grand-père pendant qu'il s'habille, et admire toutes ses affaires : le gilet marron à gros boutons, les chaussures noires vernies, les chaussettes à losanges élimées aux talons, les ceintures en cuir dont le dernier cran est désormais privilégié, sa montre au cadran en or vieilli, le flacon d'eau de Cologne à moitié vide, le carnet usé aux coins racornis, le stylo-plume bleu marine qui fuit, mais dont il ne peut se séparer, le chapeau de feutre vert bouteille quelque peu fatigué sur les bords et le peigne en écaille avec lequel, chaque matin, il ne manque jamais d'aplatir ses cheveux devenus aussi rares que fins.

— Ça fait mal d'avoir des cheveux blancs ? Maman, elle dit que ça lui a fait un sacré coup…

— Non, ça fait juste un petit quelque chose au moral la première fois. On arrache le premier discrètement, et quand ça revient par paquets, on n'a plus le choix, on doit s'habituer…

— Ah ouais, et c'est là que ça fait mal, sûrement… Pourquoi tu t'habilles toujours pareil, Papy ?

— Quand on a trouvé son style, on n'en change pas ! Surtout à mon âge…

— Mais, pour ton anniversaire, tu pourrais mettre un truc spécial ! C'est bientôt, tu sais…

— Oh, moi, j'aime bien mes petites habitudes, mes chemises, mes nœuds papillons. Tu sais, c'était à la mode à l'époque…

— Ah bon ! T'étais déjà né, toi, à l'Époque ? l'interrompt Louis. Dis donc, t'es vraiment vieux…

— Je m'en étais rendu compte, merci… maugrée Arthur.

— On va faire quoi pour ton anniv, alors ? De différent, de nouveau, pour faire la fête ? s'impatiente Louis.

— Bah, rien. Je ne célèbre jamais mon anniversaire, c'est un principe.

— Personne ne vient te rendre visite des fois ? À part *Garde-à-vous*, je veux dire… Ton grand-père, il t'aimait bien, lui. Pourquoi il vient pas te voir ?

— Heu… là où il est, ce n'est plus très commode pour lui de venir, tu sais…

— Il habite loin ?

— Oui, on peut dire ça…

— C'est bizarre, quand même, que personne ne vienne jamais ? C'est triste d'être tout le temps tout seul, non ?

— Tu sais, un jour, j'ai décidé de faire le tri, entre les vrais amis, ceux sur lesquels je pouvais compter, et les autres. Et il n'est pas resté grand monde…

— Ta famille quand même ?

— Oui, ma femme, mais… Enfin, bref, je préfère éviter les gens. À mon âge, on ne sait plus mentir, ou tout du moins on n'en a plus envie. J'ai surtout peur qu'ils lisent dans mes yeux ce que je pense vraiment d'eux. De ceux qui se disaient mes amis, et qui m'ont tourné le dos à la première difficulté. Donc, pour mon anniversaire, rien de particulier. On fait comme d'habitude.

Bientôt, un an de plus. Et pour Arthur, il n'y aura ni fête, ni présents. Tout le monde a oublié la date et l'impétrant. Sauf Louis. Le seul qui compte vraiment.

18

Je n'ai jamais aimé le matin. La lumière est trop crue, les gens parlent trop fort, tout va trop vite. Le monde appartient à ceux qui se lèvent tôt... C'est faux. Les comédiens sont des gens du soir. Pour nous, c'est seulement quand la nuit tombe et que le rideau se lève que la journée débute vraiment.

Ce matin-là, quand on a sonné à la porte, il n'était pas 9 heures. J'avais beau retourner les choses dans tous les sens, je ne voyais pas qui pouvait bien vouloir se frotter à moi avant ma première tasse de café.

J'ai péniblement enfilé ma robe de chambre, en inversant, comme souvent, l'envers et l'endroit, puis j'ai traîné les pieds sur le carrelage froid de l'entrée, en maugréant. Ça devait être le facteur. Ça ne pouvait être que lui, à cette heure.

Contre toute attente, j'ai reconnu la silhouette de mon frère, avant même de lui ouvrir. Oscar a toujours pris toute la place. Il a toujours été plus grand en tout. Plus grand en âge, en taille, et surtout dans le cœur de notre mère.

Il avait sa mine des mauvais jours.

— J'ai essayé de t'appeler vingt fois hier.

— J'étais sur scène.

— Toute la journée ? La vie, Arthur, ça ne se passe pas seulement sous les projecteurs.

— La mienne, si.

Il a hésité à faire demi-tour, puis il s'est ravisé. Il m'a regardé droit dans les yeux et m'a dit cette phrase, qu'aujourd'hui encore je ne peux oublier :

— À force de ne penser qu'à toi, tu vas finir tout seul.

— La solitude est ma meilleure compagnie, ai-je rétorqué. Et si c'est pour me donner des leçons que tu t'es pointé si tôt, ce n'était pas la peine de faire le déplacement.

— T'es vraiment devenu con.

Il a tourné les talons et, cette fois, il est vraiment parti.

— Au fait, tu voulais me dire quoi ? ai-je lancé avant de refermer la porte.

— Papa est mort hier. Dans son sommeil. Son cœur a lâché.

Il a dit ça sans se retourner.

C'est la dernière fois que j'ai vu mon frère.

19

Demain, Arthur aura 78 ans. Soixante-dix années de plus que Louis, précisément. Tous les acteurs avec lesquels il a travaillé tournent mal ou cassent leur pipe. Il suffit de lire le journal : un à un, ils décèdent des suites d'une « longue maladie ».

— Tu vas avoir quel âge, en fait ? s'enquiert Louis les sourcils froncés.

— Je ne sais plus très bien, ment Arthur. De toute façon, j'ai arrêté de compter, c'était trop déprimant ! Une chose est sûre, plus les années passent, moins je me sens vieux. À ce rythme, mon Louis, dans quelque temps, j'aurai 8 ans… Comme toi.

— Ce serait super ! On pourrait jouer à cache-cache, faire plein de choses que tu refuses d'habitude, comme se baigner dans la mer ensemble ! Maman n'en croirait pas ses yeux !

D'un coup, le regard d'Arthur s'assombrit. Le garçon regrette aussitôt d'avoir mentionné sa mère. Il devine la peine de son grand-père, chaque fois qu'il en parle.

— Papy… Attends, je reviens, je vais chercher un truc. J'ai pas de cadeau, tu m'as interdit, crie-t-il depuis la chambre avant de revenir, mais… j'ai fait un petit dessin ! Et si je te l'offre maintenant – comme c'est pas encore ton anniversaire –, ça compte pas vraiment ! Je me suis donné du mal, j'espère qu'il va te plaire.

Louis sort de derrière son dos une feuille jaunie sur laquelle est représenté un papillon : un alexanor, le préféré de son grand-père. Il s'est appliqué à faire les ocelles en rouge, les nervures bien fines, et la queue frangée de noir.

— Oh, qu'il est beau ! Tu as un talent de plus, Moussaillon !

Arthur le regarde attentivement, puis le place sur sa table de nuit, en déposant un baiser sur la joue de son petit-fils. Louis ne sait pas s'il a identifié l'alexanor. Il s'est pourtant évertué à le représenter fidèlement.

— Tu l'as reconnu ? Parce que c'est pas n'importe quel papillon quand même !

— Bien sûr. C'est le… C'est… Exactement celui qui me manquait ! Tu as utilisé un modèle ?

— Oui, l'image dans ton gros livre ! Tu avais oublié de le ranger.

— Merci, mon petit. Ça me fait drôlement plaisir. Je vais l'encadrer.

— Tant mieux, il m'a bien enquiquiné, car je voulais que ça reste un secret. Je sais que tu ne veux pas de fête pour ton anniversaire, mais, comme ce n'est *pas* ton anniversaire, je peux p'têt chanter une chanson pour aller avec le dessin… S'il te plaît, Papy ? Dis oui…

Le grand-père approuve d'un léger signe de tête et pose ses mains l'une sur l'autre, pour écouter son petit-fils.

— « *Joyeux non-anniversaire, le gâteau tombe par terre, sur les pieds d'la grand-mère, rendez-vous au cimetière…* »

Le jeune garçon affiche tout à coup une mine très sérieuse.

— Dis, Papy, avec Mamie, vous étiez ex-mariés ?

— Tu veux dire divorcés ? reformule le grand-père.

— Non, on dit « ex-mariés », je crois…

— Tu as toujours raison, toi !

— Bah, oui, j'ai 8 ans. J'ai déjà passé l'âge de raison !

— Écoute, ça arrive de ne plus être d'accord quand on est amoureux. Ce sont les choses de la vie. Et puis, je crois qu'elle en a eu marre que tout tourne autour de moi. Alors, un matin, elle est partie. Ta maman était encore un bébé. Et moi… moi, je suis resté planté là, trop orgueilleux pour la retenir, trop orgueilleux pour lui demander de revenir ou pour lui dire pardon.

— Eh bien, change ! Ça sert à rien d'être orgueilleux, non ?

— Je sais bien, mon grand…

— Tu regrettes parfois ?

— Des regrets, oui, j'en ai plein, surtout pour ta mère. Ce n'est pas normal de grandir sans père quand on en a un, d'être privé d'un de ses parents. Mais, si c'était à refaire, je crois que je serais incapable de faire différemment. Mon métier a toujours pris beaucoup de place. Ce matin-là, je me souviens qu'il neigeait dehors. Ta grand-mère est partie avec le bébé sous le bras, et elle ne s'est pas retournée.

— Tu l'as revue, Mamie ?

— Jamais.

Arthur reste silencieux. Une vie ne suffirait pas à effacer tous les remords de son monde.

Il le sait, il s'est souvent montré faible, incapable de dire « non » à un metteur en scène séduit par son talent. Éternellement dépendant de l'amour des autres, faute d'en avoir reçu enfant. Quitte à sacrifier sa vie de famille.

Arthur rentrait constamment agacé et à fleur de peau, il lui racontait des histoires de théâtre ennuyeuses. Les mêmes récits de costumes trop grands, d'extinction de voix ou de public hostile. Il monopolisait la parole, la discussion, sans une attention pour elle ou pour la petite. Tout tournait exclusivement autour de lui. Lui, toujours lui.

— Tu l'as aimée, Mamie ? demande Louis, d'une petite voix timide.

— Éperdument. Et ça fait mal, ce genre d'amour. J'ai fini seul et je l'ai bien cherché.

20

Tout s'est passé très vite. Elle a simplement dit :

— Je ne peux plus continuer comme ça. J'ai besoin de prendre du recul pour réfléchir. Je vais chez mes parents quelques jours. Je prends le bébé.

— Tu reviens quand ?

— Je ne sais pas encore…

— Mais dis-le, que tu ne reviendras pas. Dis-le ! Ne sois pas lâche.

— Tu es vraiment trop con !

Elle est partie, et j'ai claqué la porte. Sur son ombre, sur notre histoire.

La neige a recouvert ses pas comme si rien de tout cela n'avait existé. Elle n'est jamais revenue.

Ce matin-là, elle m'a enlevé mon enfant et un bout de mon cœur aussi.

21

L'après-midi, le grand-père et le petit-fils vont à la plage et, comme tous les jours depuis le début des vacances, ils engloutissent une énorme glace avant d'en repartir. Dans cette famille, la gourmandise est contagieuse.

— Vous me mettez comme d'habitude, Mademoiselle.

— Très bien, mon bon Monsieur. Le comme d'habitude d'hier ou d'il y a deux jours ? demande-t-elle à nouveau avec sa douceur habituelle.

— Comme hier…

Arthur revient à la plage avec ses deux cônes. Louis, armé de sa pelle, termine les fondations d'un immense château de sable étonnamment pointu.

— Viens m'aider, Papy !

— Sans façon, je vais me casser le dos ! Et puis, c'est l'heure du goûter.

Le jeune garçon pose immédiatement sa pelle et court vers son grand-père qui lui tend un cornet :

— Mais, Papy ! Pourquoi tu as encore pris la mauvaise glace ?

Arthur chuchote d'une voix pleine de secrets :

— Tu veux que je te dise la vérité ? Je crois que la dame des glaces, elle perd la boule.

Léchant son cône, assis sur la serviette de son grand-père, le garçon se tourne alors vers lui :

— Quand tu parlais de la mort, l'autre jour... tout le monde doit mourir, ça j'ai compris, mais... pas moi quand même ?

— C'est une idée fixe, chez toi !

— Je suis très sérieux, là, Papy. D'ailleurs, j'ai bien réfléchi...

— Et quelle est ta conclusion ?

— Déjà, j'suis pas d'accord ! La mort, c'est nul. On pourrait quand même nous demander notre avis... Après, vraiment, s'il faut mourir, moi, je veux bien si on fait comme pour les Égyptiens.

— Tu veux être enterré avec ton chat ?

— Non, avec plein de pansements partout.

— Tu veux dire momifié, comme les pharaons ?

— Bah, oui, pourquoi pas ? Tu n'as qu'à demander ça, toi aussi. On pourrait même partager une pyramide ! Tu aurais dû penser à la construire plus tôt, mais t'inquiète, Papy, tu peux compter sur moi.

Arthur porte son regard sur la construction triangulaire qui prend forme dans le sable.

— Attends, c'est ce que tu es en train de faire, là ? Tu es en train de m'ériger une pyramide ?

— Bah oui…

Le grand-père observe l'horizon devant lui avant de reprendre.

— Tu es gentil, mais ce que j'aurais aimé, moi, c'est partir sur la mer.

— Ah ouais, comme les Vikings qui brûlent leur bateau ! Ça, c'est cool, aussi… Eh bien tu demandes ça, alors…

— Je crois que personne ne m'autorisera à mettre le feu à un radeau. Je ne sais pas pourquoi, je vois la mer, et pour moi, c'est la sérénité. Ou alors qu'on jette mes cendres dans les vagues… Oui, je crois que je n'aimerais pas être enterré, j'aurais trop peur d'être enfermé vivant. Je l'ai jouée tellement de fois, cette scène, dans un cercueil, à attendre angoissé, suffocant, le « Coupez » pour pouvoir sortir de ma boîte… Je suis un peu superstitieux, donc je préférerais vraiment me faire incinérer. Mais, pourquoi on parle de tout ça ?

— Parce que demain c'est ton anniversaire et que… c'est p'têt le dernier !

Arthur éclate d'un rire sonore :

— Il n'y a pas à dire, tu sais remonter le moral des troupes !

22

Mon anniversaire. Un an de plus. Du temps en moins dans le grand sablier.

Rien ne dure toujours.

Mes douleurs et mes insomnies non plus, je suppose. Maigre consolation.

23

Lorsque le garçon pénètre dans la cuisine, le soleil est déjà haut dans le ciel. À défaut d'avoir été convié, le beau temps s'est invité à ce jour de fête. Arthur est aux fourneaux et ça fume de partout. La bouilloire tremble et rejette son eau brûlante, la casserole siffle sur le feu, la hotte tourne à plein régime et il y a de la buée sur la vitre.

Affublé de son tablier trop petit, le grand-père pose la casserole sur la table devant son petit-fils qui continue de s'étirer comme un chat.

— Tu as loupé le petit-déjeuner, mais le déjeuner est prêt ! Quand on a la chance de bien dormir, moi, je laisse roupiller.

— C'est quoi ? demande le garçon intrigué, en soulevant le couvercle de la casserole qui fume devant lui.

— Ça, c'est la voisine !

— Hein ? manque de s'étrangler Louis.

— Tu sais, Micheline ! Elle m'apporte des repas quand elle en fait trop. C'est principalement des plats en sauce et ça m'arrange, car c'est plus facile à réchauffer.

— C'est ton amoureuse ! Je le savais...

— Louis, voyons... J'admets qu'elle m'aime beaucoup, mais elle est bien trop vieille pour moi...

— Bah non, elle aussi, elle est de l'Époque !

— Bref, passons... répond Arthur en trempant un morceau de pain dans la sauce avant de le tendre à Louis. Alors, tu aimes ?

Le garçon goûte du bout des lèvres.

— Bof... Ça me rappelle la cantine. Une fois, on a mangé une sorte de pâte de poisson, j'sais pas quel poisson c'était, mais il doit pas exister dans la vraie vie, celui-là...

— Moi, je trouve ça plutôt savoureux.

— Humm, il te manque des papilles, Papy...

Brusquement, le grand-père se lève, ouvre le tiroir à couverts, trifouille à l'intérieur, le referme, puis l'ouvre encore, avant de quitter la cuisine, pour finalement revenir, le regard perdu.

— Tu cherches quelque chose ? interroge Louis.

— Oui ! Mais quoi...

Arthur poursuit ses allées et venues, et inspecte chaque placard. Tout à coup, il plonge la tête dans le réfrigérateur et en ressort tout sourire, avec deux bouteilles bien fraîches, une dans chaque main :

— Tu aimes la mousse ? Deux flûtes, pour fêter une année de plus ! Tiens, voici ta coupe, Moussaillon. Sans alcool.

Ils trinquent, puis trempent leurs lèvres religieusement. Les bulles leur sautent jusque dans les yeux. Le grand-père fait une drôle de grimace :

— Ce n'est pas terrible, c'est trop sucré, on dirait du jus de pomme pétillant.

— Berk ! Ça me chauffe la gorge et j'ai le ventre qui me fait mal…

— Attends, je me suis trompé, Louis ! J'ai ton champagne sans alcool !

Ils échangent les verres et leur moue crispée fait place à un large sourire décontracté.

— Ah oui, voilà qui est mieux.

— J'avais du vrai champagne ? Première fois de ma vie que je bois de l'alcool !

— Et première fois de ma vie que je goûte ta piquette ! Je ne pensais pas qu'à mon âge il me restait encore beaucoup de premières fois.

— Et ce qui est encore plus incroyable, c'est que, ça se trouve, tu as déjà fait des choses pour la dernière fois et tu ne le sais même pas… Comme nager dans la mer, prendre un bain, faire du ski, faire du vélo, ou la roue…

Arthur repose sa flûte encore pleine, saisit une nouvelle coupe de champagne dans le placard et se sert à ras bord.

— Allez, Moussaillon, on trinque !

— Encore ? Mais, Papy, t'as même pas fini ton premier verre !

Arthur, confus, remarque alors la flûte qui l'attend déjà sur la table.

— Ah, oui !!? De toute façon, mieux vaut deux fois qu'une ! Surtout à mon âge. J'aurai ainsi une bonne excuse pour ne pas fêter celui de l'année prochaine. D'ailleurs, on n'avait pas dit qu'on ne fêtait pas mon anniversaire cette année ?

Sous la gazinière s'échappe soudain une épaisse fumée noire.

— Papy, c'est quoi tout ce brouillard ?

— Oh, mon gâteau ! hurle le grand-père.

Arthur se lève précipitamment, ouvre la porte du four et un nuage menaçant en sort aussitôt, lui chauffant les sourcils et le reste des cheveux. Le dessert oublié est carbonisé.

— Tout va bien ! C'était moins une… minimise-t-il, en se frottant la tête.

— Attends, c'est normal, la couleur noire ? demande Louis, la moue dubitative.

Le grand-père se racle la gorge avant de rétorquer, inébranlable :

— C'est exactement ce que je voulais ! On va se régaler…

Il gratte la couche supérieure et les bords, puis comble les trous avec ce qu'il a sous la main. Le petit n'y verra que du feu, c'est le cas de le dire. En glissant le couteau sous la tarte, ça accroche. Il aurait dû laisser le papier sulfurisé. Il ne savait plus très bien.

Lorsqu'il goûte, Arthur grimace : le goût non plus n'est pas au rendez-vous. Il capitule.

— Bon, dessert au jardin ? propose-t-il, en sortant par la porte de la cuisine, aussitôt doublé par Louis, qui se précipite le premier sur les mûres sauvages. N'en prends pas trop, tu vas faire une crise de foie.

— Tu as déjà fait une crise de foie, Papy ?

— Non.

— Tu connais quelqu'un qui en a fait une ?

— Je ne crois pas…

D'un regard coquin, le garçon lance :

— On essaie ?

— Je n'ai jamais tenté le diable. Pourquoi pas…

Les deux gourmands se gavent jusqu'à ce que les ronciers soient vides et leurs ventres bien pleins.

— J'en peux plus. Je vais déborder comme une piscine. Tiens, je vais prendre un p'tit yaourt pour m'aider à digérer, annonce le garçon en retournant dans la cuisine.

— Bonne idée, ramènes-en un pour moi, s'il te plaît.

Louis revient les bras chargés de crèmes dessert triple chocolat et chantilly.

— Tu es sûr que ça va nous aider à digérer, ça ? s'amuse le grand-père. T'as pas eu envie de prendre le yaourt nature sans sucre, celui qui était juste à côté, plutôt ?

Le garçon lève les yeux au ciel :

— Mais, Papy, voyons… C'est connu qu'il n'y a pas mieux qu'un *bon* yaourt pour la digestion ! J'allais pas en prendre un mauvais…

— Pas faux, admet Arthur en plongeant sa cuillère. Finalement, il n'était pas si mal que ça, notre dessert d'anniversaire, conclut-il en jetant un œil au gâteau maison, intégralement passé à la poubelle.

24

Tout le monde aime le chocolat.

Pour l'anniversaire de mon frère, c'était la fête à la maison. Des camarades de classe venaient passer l'après-midi, ils jouaient dans sa chambre et goûtaient goulûment le gâteau au chocolat de ma mère. Un gâteau fait maison, fait avec amour surtout.

L'odeur se répandait dans l'air et embaumait tout l'appartement. Si le bonheur, l'insouciance, l'innocence avaient un parfum, ce serait sans aucun doute celui du gâteau au chocolat qui cuit doucement dans le four. Pour tous les enfants, sauf pour moi.

Ce gâteau-là, je n'y ai jamais eu droit.

25

Pleins comme des outres, le grand-père et le petit-fils restent un long moment dans les transats du jardin. Ils n'ont pas réussi à faire une crise de foie, mais la torpeur qui les saisit est inédite pour tous les deux.

Au fond du jardin, derrière le grillage, Micheline les observe avec curiosité. Elle n'ose pas aborder Arthur en présence de son petit-fils, mais elle ne peut s'empêcher d'épier leurs moindres faits et gestes. Dès qu'elle les aperçoit dans le jardin, elle enfile son châle à grosses fleurs blanches – celui qui lui donne bonne mine –, se repoudre généreusement les joues et vérifie une dernière fois son chignon avant de sortir.

Toutes les dix minutes, Louis déplace son fauteuil pour suivre les rayons du soleil. À l'ombre du vieux chêne vert, Arthur, lui, est immobile. Comme un lézard, il laisse le soleil lui caresser le visage à travers le feuillage de l'arbre.

— Papy… Tu dors ? chuchote tout à coup Louis. Je m'ennuie…

Le grand-père soulève le rebord de son chapeau et adresse un clin d'œil à son petit-fils.

— À mon âge, on ne dort jamais complètement ! Je réfléchissais.

— Eh bien, c'était long…

— Je crois que j'ai trouvé ce qui me ferait plaisir pour mon anniversaire. C'est moi qui vais te faire un cadeau. Je t'emmène dans mon endroit préféré.

Louis sautille dans tous les sens. Il imagine un bateau, des baleines, une plage magnifique, un feu d'artifice, un château fort, des dinosaures, des manèges qui montent jusqu'au ciel, une fusée, des…

— On va aller… à la pêche ! annonce Arthur de son plus beau sourire.

Même si depuis des années il rêve que son grand-père l'y emmène et même si chaque fois il manque de temps, là, Louis dégringole de son nuage.

— Ah… marmonne le garçon, qui se voyait déjà à califourchon sur un dauphin.

— Tu vas voir, ce lieu est magique. Tu vas adorer, Moussaillon. Et puis, tu vas y apprendre quelque chose d'important : tout vient à point à qui sait attendre.

D'un naturel enthousiaste, le garçon ne perd pas espoir de rendre leur escapade amusante :

— On y va en vélo, alors ?

— Non, à pied.

— Mais pourquoi, Papy ? Tu sais plus pédaler ?

Cette fois, c'est le grand-père qui soupire.

— Arrête de penser que je suis grabataire ! C'est vexant à la longue. C'est juste que je préfère m'oxygéner. Et puis, mon vélo, il date de Mathusalem – rouillé comme il est, il n'est pas près de nous emmener quelque part.

« *Comme toi* », grommelle Louis à voix basse.

— Qu'est-ce que tu as dit ? Je crois que je n'ai pas bien entendu... Tu sais, je suis un vieux croûton, alors mes oreilles, elles ne laissent passer que les compliments, surtout à mon anniversaire... se moque gentiment le grand-père, qui n'a rien loupé de la pique de son petit-fils.

— Oh, non ! Pas à pied, Papy, c'est nul. S'il te plaît...

— Le théâtre, c'est nul, la marche, c'est nul, la pêche, c'est nul. Tu n'as vraiment pas de chance, mon pauvre Louis. Prépare-toi, dans cinq minutes, on est partis.

Ils quittent leurs transats, laissant Micheline et le soleil dans le jardin.

Le grand-père chausse ses bottes en caoutchouc et vérifie le matériel dont ils ont besoin pour leur partie de pêche. Il se pose contre le linteau de la porte d'entrée et attend son petit-fils, qui enfile son pied gauche dans la chaussure droite, en continuant de ronchonner.

Ils ont à peine quitté la maison qu'Arthur est choqué par le monde dans les rues. Les touristes ont débarqué. Ils sont venus troubler sa tranquillité, envahir ses coins préférés. Dépassé par la situation nouvelle, il commence à faire demi-tour.

Dans sa poitrine, il perçoit les pulsations de son cœur qui accélèrent, s'emballent. Son corps se tend, sa nuque se raidit. Un instant, il ne sait plus pourquoi il est sorti de chez lui. La panique l'envahit, il se sent pris d'un vertige. Une petite main vient alors se blottir dans la sienne et, avec la chaleur de celle-ci, tout lui revient. Il inspire profondément et reprend son chemin.

— Reste bien près de moi, Louis, lâche-t-il dans un souffle.

Il presse le pas, la main fermement agrippée à l'enfant. « *Ne pas perdre Louis.* »

— Si, un jour, on était amenés à se perdre, tu ne bouges pas. Entendu ? Quand on se perd, on reste sur place, le temps qu'il faut. Tu n'essaies jamais de revenir à la maison tout seul et surtout tu ne suis personne.

— Même si c'est quelqu'un qui te connaît ? Comme Micheline, ton amoureuse ?

— Personne, Louis, c'est compris ?

Au moment où ils sortent enfin de la foule et prennent une voie sur la droite, ils manquent de télescoper une dame. Le grand-père s'excuse avant de reprendre le chemin, lorsque celle-ci engage la conversation.

— Ah, mon bon Monsieur ! Comment allez-vous aujourd'hui ? Ça me fait plaisir de vous croiser. C'est une belle journée, n'est-ce pas ?

Arthur fronce les sourcils, puis tente un sourire amical en guise de réponse.

— Vous n'êtes pas venus me voir aujourd'hui… poursuit-elle.

Le grand-père est pris au dépourvu. A-t-il loupé un rendez-vous important ? Non, il le saurait quand même.

— Vous avez de la chance tous les deux de profiter de l'été comme ça, poursuit la dame en caressant gentiment la tête de Louis. Ah, les vacances chez Papy…

— C'est son anniversaire aujourd'hui, alors c'est pour ça, on était bien occupés ! Hein, c'est vrai, Papy ? Mais demain on revient c'est promis !

— Oui, oui… allez, nous sommes pressés. Au revoir, Madame, conclut sèchement Arthur en tournant le dos.

Il accélère le pas et se retourne discrètement pour vérifier que le pot de colle ne les suit pas. Il ne peut pas être tranquille avec son petit-fils, bon sang de bonsoir. Et puis, elle les a mis en retard pour la partie de pêche. Les poissons ne vont plus mordre à cette heure. L'agacement ne le quitte pas.

— Les gens m'interpellent tout le temps, comme ça : ils me voient à la télé et ils pensent qu'on se connaît. Mais moi, en vrai, je ne les ai jamais rencontrés.

Louis fait une petite moue surprise.

— Ah bon ? Je croyais que c'était la dame des glaces.

Le garçon reste silencieux. Concentré, il essaie de caler son pas sur celui de son grand-père. Sa foulée est plus grande que la sienne et il commence à avoir un point de côté, à force de parler et de marcher en même temps.

— Moi, tu sais, Papy, quand je vois les gens ailleurs que là où ils sont d'habitude, j'sais plus du tout qui ils sont. Une fois, j'ai vu ma maîtresse à la piscine, elle m'a dit bonjour, eh bien, je lui ai jamais répondu. Il faut dire qu'avec ses lunettes de plongée, son bonnet et sans son stylo rouge, elle était impossible à reconnaître.

Arthur serre la main de Louis très fort. C'est la première fois qu'un visage familier lui échappe. Il aurait pourtant dû le reconnaître, le doux visage de la dame des glaces.

Ils quittent la ville et s'enfoncent dans un bois. À peine empruntent-ils un sentier pentu que Louis soupire à nouveau.

— C'est encore loin ? C'est quand qu'on arrive ?

— Patience ! rouspète le grand-père.

— Je trouve que c'est quand même *un peu* nul de marcher. En plus, en montée… Je préfère courir.

— Mais le paysage défile pareil !

— Non, on marche au ralenti…

— Ne sois pas si pressé, Louis. À la fin, on se rend tous au même endroit.

Le garçon réfléchit un instant, puis se retourne vers son grand-père, les bras croisés :

— Ah, parce qu'en plus il y aura tout le monde là-haut ?

26

Marcher. Avancer. Tant que je le peux encore, continuer. Tous les jours, emprunter ce chemin pour se rapprocher de soi-même. Faire le vide, ne plus penser à rien, ne faire qu'un avec ce qui nous entoure, sentir que l'on fait partie d'un tout, plus grand que nous…

Puis, on explore des choses en soi, le temps est infini, distendu, on retrouve son épaisseur. Les idées, les souvenirs reviennent avec douceur, pas à pas, comme ramenés par le vent. Loin du brouhaha de la vie, existence brute. Marcher, à son rythme. Ne pas être pressé, il y a toujours de nouveaux chemins à découvrir.

J'avance et, à chaque pas, je me débarrasse de ce qui me grignote le cerveau. Je distance ce qui me préoccupe, pour mieux les effacer.

Marcher pour semer mes démons.

27

Il faudrait presque une carte au trésor pour retrouver le mystérieux emplacement du spot de pêche. Le chemin qui mène à l'étang est sinueux, parfois extrêmement étroit. C'est effectivement un secret bien gardé. Aucun touriste ne pourrait trouver le passage à travers les ronces et les hautes herbes qu'il faut écarter. Louis a l'impression de partir à l'aventure. Dans quelques minutes, il sera Robinson Crusoé, surtout s'ils attrapent un poisson.

Il tente de marcher dans les pas de son grand-père. Avec concentration, il dépose ses empreintes dans les siennes. À chaque enjambée, le garçon s'imagine être le Petit Poucet avec ses bottes de sept lieues.

Enfin, le lac se profile, étincelant. Il est entièrement fermé par la forêt. Ni carte, ni panneaux, ni GPS n'indiquent son existence. Trop petit pour charmer les touristes, qui lui préfèrent de loin la plage. Il apparaît entre les arbres, comme un point suspendu entre le réel et le rêve. Arthur et Louis descendent à travers les grands hêtres qui filent jusqu'à la crique. C'est un véritable havre de paix qui les attend. L'endroit est si calme que le petit garçon retient son souffle en arrivant. Quelques nénuphars font la joie des grenouilles ; un champ de roseaux et de linaigrettes borde la rive. Les arbres autour se reflètent dans l'eau, donnant l'impression d'un grand miroir naturel, dont la surface lisse et parfaite n'est brisée que par le saut d'une grenouille ou le clapotis d'un poisson. On entend seulement le martèlement obstiné du pic, le chant des pinsons et le frémissement de l'air quand passent les libellules et le vent.

Le grand-père et le petit garçon s'avancent avec prudence sur un vieux ponton en bois. Arthur déplie un tabouret en tissu, Louis, lui, s'assied sur le rebord du ponton, les pieds ballant au-dessus de l'eau transparente. Il y jette un caillou, mais il est difficile d'en deviner la profondeur.

— Viens, Louis, prends cette canne à pêche. Tu connais *Le Vieil Homme et la Mer* ? lui demande Arthur.

— C'est qui, le vieil homme et sa mère ? Des gens connus ? Sa mère, au vieux monsieur, elle doit avoir plus de 100 ans, alors ! C'est quoi, d'ailleurs, le record de vieillesse ? 1 000 ans ? Tu pourras le battre, Papy, avec la moitié d'une éternité ?

— Le record est plutôt autour de 120 ans, je suis donc hors catégorie, mon Louis ! Non,

Le Vieil Homme et la Mer, c'est un livre. C'est l'histoire d'un vieux monsieur qui va pêcher tous les jours et ne ramène jamais rien, sauf après avoir rencontré un enfant. Enfin, ce n'est pas tout à fait ça…

— Tu racontes pas très bien, je trouve…

— Pas faux, admet le grand-père. Bref, on va voir si tu me portes chance aujourd'hui.

— Parce que d'habitude tu ramènes jamais rien ?

— Disons que j'adore la pêche, mais que ça n'est pas réciproque ! ironise Arthur.

Il déplie un torchon dans lequel deux casse-croûte les attendent. L'un des deux s'échappe et tombe à l'eau.

— Sandwich à la mer, sandwich à la mer ! déclame le grand-père, en voyant un premier poisson s'approcher du pain qui flotte.

— Oh non ! se désole Louis. J'ai déjà le ventre qui gargouille. Bon… on partage ?

— On partage ? sourit le grand-père qui se souvient bien des dernières mûres englouties par son petit-fils, seul. D'accord, Moussaillon, on partage.

Louis dévore les deux tiers du sandwich en un temps record. Le paquet de chips ne lui résiste pas plus. Puis, Arthur et lui s'installent pour pêcher.

La pêche est affaire de patience. Et de silence. Mais c'est compter sans Louis qui n'arrête pas de jacasser. Même l'unique pêcheur installé à l'autre extrémité de l'étang finit par replier bagage, dépité. C'était pourtant un habitué, qui avait amicalement salué son grand-père à leur arrivée. Louis ne comprend pas le problème : les poissons n'ont pas d'oreilles, comment pourraient-ils seulement entendre ses bavardages incessants ? Ils ne sont d'ailleurs pas gênés par le chant des oiseaux. Tout cela n'a aucune logique…

Parfois, l'apprenti pêcheur observe une courte pause, comme s'il s'était enivré lui-même de toutes ses interrogations, et que le marteau-piqueur était enfin passé de la tête de son grand-père à la sienne, mais il revient toujours avec une nouvelle question.

— Dis, Papy, pourquoi on pêche dans le lac, alors qu'on pourrait pêcher directement dans la mer ?

— Bonne remarque ! Disons que j'aime varier les plaisirs. Ici, il y a des petits bruits de la nature, des grenouilles qui sautent dans l'eau, le froissement des ailes des hérons qui volent au-dessus, des papillons rares. C'est magnifique, et souvent je suis tout seul, tranquille, à profiter du silence le plus complet. J'adore traverser cette forêt. On a l'impression qu'elle est magique, que des esprits vont en sortir. À la plage, il y a surtout des goélands qui rôdent pour essayer de me piquer mon poisson. J'ai peu de sympathie pour les goélands… et pour les touristes.

— Oh, regarde ce papillon, il est magnifique ! s'extasie Louis en le pointant du doigt.

— C'est un gazé. La piéride de l'aubépine. On a de la chance de le voir. Il devient de plus en plus rare. Il faut grimper un peu. Tu vois, ça valait la peine de faire un petit effort pour venir jusqu'ici !

— Je crois que c'est mon préféré.

Le temps passe et la lumière s'en va au fil de l'eau. La beauté du monde, elle, reste intacte.

— Allez, c'est l'heure de rentrer, mon petit. Sinon, on va se faire surprendre par la nuit. J'ai des fourmis dans les jambes.

— Où ça ? Fais voir ! Tu veux que je t'aide à te relever ?

— Non, ça va aller. Tout va bien.

Arthur n'aime pas qu'on l'aide. C'est peut-être une question de fierté, mais c'est surtout une question d'habitude. Il ne veut rien devoir à personne, jamais, aucune dette.

— Tu sais, Papy, tu as le droit de demander de l'aide parfois. C'est pas grave, c'est rien. Maman, elle dit que les gens doivent s'entraider.

— Tu es un brave garçon… et ta mère a raison. Les mamans ont toujours raison.

— Je sais, elle dit ça aussi ! sourit le jeune enfant avec un clin d'œil.

— Mais, je t'assure, Louis, tout va bien.

28

« Tout va bien… » C'est ce que je ne cessais de répéter, alors que, depuis longtemps, les choses commençaient à m'échapper.

Des trous noirs de plus en plus fréquents. Incontrôlables. Je me trompais de jour de tournage, je récitais le texte de la semaine précédente. Il m'aurait fallu un complice, un ami à mettre dans la confidence pour trouver des parades. Trucs, astuces, leurres, un souffleur pour le théâtre, une oreillette pour le cinéma. Il y avait tant d'options. Mais j'étais seul.

Je n'ai jamais dit aux autres que j'étais malade. Je n'ai pas eu envie d'en parler, c'était mon secret, mes partenaires n'auraient pas compris. D'ailleurs, il y avait des jours où tout se passait comme avant, où le texte sortait facilement.

Je gagnais une bataille, mais pas la guerre.

Peu à peu, le doute s'est installé. Et la panique aussi. J'ai perdu confiance. Ces nouvelles lignes, je ne serai peut-être pas capable de les apprendre. Je ferai peut-être des erreurs, les gens penseront que je ne suis pas si bon que cela finalement. Surcoté, surpayé aussi. Ils riront, me rabaisseront, et le réalisateur finira par regretter son choix, certain désormais que je ne vaux plus rien.

Puis, me voir à l'écran est devenu terrible. Je n'acceptais plus la caméra, immanquablement plus cruelle, qui captait mieux que personne mes doutes, mes hésitations, mes mensonges. Il aurait fallu un peu moins de lumière, toujours moins de lumière, mais on ne peut pas tout contrôler, on ne peut pas tout éteindre. Sinon, c'est la caméra qui finit par complètement cesser de tourner.

29

Fatigué, le soleil s'est couché sans avertir Arthur et Louis. Occupés à essayer d'attraper un poisson, ils n'ont pas vu l'heure tourner, ni la nuit tomber.

— On va rentrer, mon petit. Tant pis : ce ne sera pas aujourd'hui que l'on reviendra victorieux de notre pêche !

— Papy, je peux te poser une question ? demande Louis, sans sortir sa canne de l'eau.

— Oui, bien sûr.

— Pourquoi les adultes mentent-ils ?

Le grand-père reste un instant silencieux, puis tente une réponse.

— Vaste question… Je crois que, au départ, les adultes cachent certaines choses pour ne pas blesser les gens qu'ils aiment. Néanmoins, la vraie interrogation pour moi est : « À quel âge un enfant commence-t-il à mentir par nécessité, par convenance sociale, pour ne pas faire de peine à un adulte ? » Toi, tu dis encore tout ce que tu penses, même quand ce ne sont pas des compliments…

— J'le fais pas exprès, Papy…

— Je sais, Louis, je sais. Et c'est tant mieux. Allez, on remballe nos affaires et on rentre. Il se fait tard.

Dans la pénombre, le passage par lequel ils sont arrivés se fait plus difficile à repérer. Arthur ne reconnaît pas le hêtre un peu plus gros que les autres, celui qui indique la voie du retour. Ils font le tour de l'étang, dans un sens, puis dans un autre. Le grand-père commence à s'agacer. Louis reste silencieux. Il a faim, il a froid, cependant il sent que ce n'est le moment ni de se plaindre ni de bavarder.

Brusquement, Arthur accélère, il s'engage sur un minuscule sentier, prend à gauche, puis contourne une habitation abandonnée, tout en maintenant la cadence. Louis a mal aux pieds, mais continue de trotter derrière lui, se retournant au moindre craquement de bois suspect. Quand enfin ils débouchent sur une clairière, Louis voit tout à coup son grand-père s'effondrer.

Le lac. Ils sont revenus à leur point de départ.

Louis vient se blottir contre Arthur. Il passe un bras autour de lui, tous deux grelottent, cependant, ils le savent, ce n'est pas le moment de renoncer. Il faut repartir.

— Allez, viens, Louis, si ce n'est pas à gauche, c'est à droite. Tous les chemins mènent à Rome… mais ça peut être plus ou moins long.

Le garçon et son grand-père reprennent un nouveau chemin et s'enfoncent encore plus profondément que la première fois.

— Tu reconnais, Papy ?

— Oui, je crois... lui répond Arthur, sans conviction aucune, ce qui est loin de rassurer le garçon.

Arthur essaie de faire taire la petite voix qui le houspille. Il essaie de se convaincre que cela arrive à tous les grands-parents de se perdre, parfois. Il a été surpris par la nuit. Cela n'a rien à voir avec sa mémoire qui lui joue des tours. N'importe qui aurait du mal à retrouver ses repères dans cette obscurité. Cependant, ce petit démon prend de plus en plus de place et finit par terrasser la partie adverse. Personne d'autre n'est coupable : c'est *sa* faute, un point c'est tout.

Louis lui attrape le bras et, ensemble, ils continuent, ils avancent. Quand le pas du grand-père se fait hésitant, celui de l'enfant se montre plus assuré. Ensemble, ils vont y arriver. Ils vont bien finir par rentrer. Il fera peut-être jour, ils auront peut-être très faim, ils auront sans doute attrapé froid, mais ils auront un souvenir supplémentaire à partager.

Le garçon se retient de dire qu'ils auraient pu appeler les secours s'ils avaient eu un téléphone. Ils auraient pu demander de l'aide. Sa mère serait venue. Tous deux savent, cependant, que cela aurait sonné la fin de leur été.

Il est près de minuit lorsqu'ils débouchent enfin dans une rue familière. Les allées se sont vidées de leurs touristes, ils restent quelques amoureux clandestins sur des bancs isolés à l'abri des regards. Quand il les aperçoit, Arthur aurait envie de leur sauter au cou. Ils sont enfin revenus à la civilisation et à la maison.

En silence, Arthur et Louis partagent un morceau de pain de campagne pour saucer le jaune de l'unique œuf qui restait dans le frigo. Un plat en sauce de Micheline aurait été le bienvenu, mais il n'y en avait plus. La journée d'anniversaire avait pourtant si bien commencé.

Sans demander leur reste, ils se débarbouillent rapidement et se mettent au lit. Alors qu'Arthur dépose un baiser sur le front du jeune garçon, ce dernier demande soudain :

— Papy, pourquoi, toi, tu mens ? Pourquoi tu fais semblant ? Tu n'as pas besoin de jouer la comédie avec moi. Tu le sais quand même ?

Comme si le poids du monde lui était tombé dessus, le grand-père reste interdit. De quoi parle son petit-fils exactement ? A-t-il pu se rendre compte de quoi que ce soit ?

Le garçon reprend :

— Je peux t'aider, moi. À te souvenir des choses. À faire les courses, à cuisiner. Personne ne verra rien. Comme ça, on continuera de se voir…

Le grand-père sent ses jambes le lâcher, son monde s'effondrer. Il ébouriffe les cheveux de son petit-fils, puis le serre très fort dans ses bras. Ne rien montrer surtout.

Ils restent ainsi, un long moment, puis Louis poursuit :

— Papy, je pourrai mettre mon lit dans ta chambre ? J'ai peur tout seul…

— Bien sûr, mon chéri. Tu sais, moi aussi, j'ai un peu peur, le soir. Bonne nuit.

— Tu laisses la lumière allumée, s'il te plaît, Papy ?

Puis, au moment où son grand-père s'apprête à sortir, il demande timidement :

— T'es pas brouillé avec moi ? Hein, Papy ?

— Avec toi, jamais.

ACTE II

Les premières images de l'enfance
font le cinéma de la vie.

Léo FERRÉ

1

Arthur n'a pas fermé l'œil de la nuit. Il a failli appeler sa fille cent fois, mais s'est ravisé. Il ne peut pas tout lui dire, comme ça, par téléphone. Elle lui reprocherait encore d'être un menteur, de toujours lui cacher des choses, de mettre en danger la vie de Louis. Ce serait pour elle une déception de plus, de toute évidence celle de trop. L'absence de Nina dans la vie d'Arthur est une douleur permanente. Mais si la maladie devait le priver de la joie de vivre de son petit-fils, il ne le supporterait pas. Pas maintenant, pas encore. À la prochaine défaillance de sa mémoire, oui, il l'appellera, mais pas avant. D'ici là, il espère que Louis ne lui dira rien de leur virée nocturne. Nina a dû appeler, hier soir. Il faudra bien justifier l'absence de réponse.

Ce matin et pour la première fois, le garçon n'est pas un inextinguible moulin à paroles. Les yeux cernés et le bol de chocolat chaud fumant entre les mains, il émerge difficilement de sa nuit trop courte.

— Ça va, mon grand ? demande le grand-père.

— J'sais pas pourquoi, mais j'ai l'humeur à marée basse aujourd'hui.

Louis repousse son bol à moitié plein et s'accoude lourdement. Arthur déclare :

— Il ne faut jamais rester avec le moral dans les chaussettes. Il faut se remuer. Je nous ai prévu une petite balade...

— Humm... On a suffisamment marché hier soir, non ? grommelle l'enfant.

— Oui... admet Arthur, mais, cette fois, je te propose de la faire à vélo ! Que dis-je, à vélo ? Avec une rosalie !

— C'est qui, ça, Rosalie ? Une autre amoureuse ?

Avec un sourire énigmatique, Arthur serre la main chaude de son petit-fils et l'emmène dehors. Dans la rue, devant la maison, le jeune garçon découvre le fabuleux quadricycle rouge que son grand-père a loué :

— Ah ! C'est ça, une rosalie ? J'ai toujours rêvé d'en faire...

— Alors, file faire un brin de toilette et on y va, mon grand !

À peine installé sur le drôle de vélo voiture, le jeune garçon pédale comme un dératé. Il aime sentir le vent s'engouffrer à vive allure entre ses cheveux, caresser son visage.

— Ralentis, Moussaillon ! On va dévisser !

Louis obéit, observant la mer au loin : sa couleur a encore changé, elle est plutôt grise ce matin. Ardoise, même. Il aime les tableaux chaque fois différents que lui offre la nature, les nuances subtiles de bleu, de gris, de vert aussi.

— Dis donc, je t'ai simplement dit de ralentir, pas de t'arrêter ! lance le grand-père, essoufflé. Tranquille, Émile ! J'ai l'impression qu'il n'y a que moi qui transpire maintenant…

Perdu dans ses pensées, Louis a effectivement lâché les pédales depuis un bon moment. Ses jambes moulinent à nouveau lorsqu'il se tourne vers son grand-père, le regard soudain sérieux.

— Papy, tu sais, j'vais pas le dire à Maman… Que tu te perds ou que tu oublies des choses. Tu peux me faire confiance. J'vais jamais te trahir.

Surpris, Arthur manque de cogner le trottoir et d'écraser au passage un goéland. Il redresse le volant, avant de s'arrêter sur le bas-côté de la route.

— Je sais que je pourrai toujours compter sur toi, Louis, mais je ne peux pas te laisser mentir à ta mère.

— Attends, Papy, j'ai pas *du tout* prévu de mentir à Maman. J'vais juste *pas* lui dire…

Le grand-père observe à son tour le ciel menaçant au-dessus de la mer :

— Et puis, c'est pas de ta faute, Papy, reprend Louis. C'est à cause de la maladie que tes souvenirs ils jouent à cache-cache.

— Ils se cachent tellement bien que je ne parviens plus à les trouver…

— C'est parce que t'es vieux ! T'es un peu rouillé… comme ton vélo. Moi, je crois qu'il faut se serrer les coudes pour que les vacances, elles continuent comme avant, jusqu'à la fin de l'été. T'es pas d'accord ?

— Bien sûr, Louis. Moi aussi, j'ai envie de profiter de toi jusqu'au bout, mais… Et si les choses recommençaient, si je m'emmêlais les pinceaux, que quelqu'un s'en rendait compte…

Louis sourit.

— Crois-moi, Papy. Ça n'arrivera pas.

— Comment vas-tu faire pour dissimuler la vérité, toi qui deviens tout rouge dès que tu mens ?

— C'est facile : tu vas m'apprendre à jouer la comédie et, ensemble, on va former un super duo ! Ça sera notre secret.

Arthur réfléchit une seconde et, avec son large sourire :

— Tope là, Moussaillon !

2

Raisonnable…

Je suis l'adulte et toi l'enfant. C'est à moi de te montrer l'exemple. Mais je sais qu'aujourd'hui, à part une poignée de mûres et quelques répliques de théâtre, il ne faut plus rien attendre de moi. Ma mémoire bat de l'aile comme celles des papillons dont je te parle.

Tu caches la vérité à ta mère pour me protéger. Cela me touche et me chagrine en même temps. Est-ce que je le mérite vraiment ?

Je t'ai écouté lui parler, tout à l'heure. À l'autre bout du fil, je devinais sa voix. Une voix ronde, aimante. Une voix que je ne lui connais pas. Tu lui as dit que nous étions partis pêcher et que nous n'avions pas vu l'heure passer. J'ai entendu ta gorge qui se nouait, tes aigus en fin de phrase, mais ta mère a paru rassurée.

L'autre jour, tu me parlais du mensonge. La vérité, mon petit, c'est que nous mentons tous. Voilà pourquoi j'ai aimé le théâtre : il s'est imposé à moi comme une nécessité. Sans lui, vivre se révélait impossible. On est plus vrai sur scène que dans la vie. Les adultes jouent tous la comédie. Plus ou moins bien.

C'est finalement cela, devenir raisonnable : accepter de porter un masque.

3

Ce matin, Louis ne tient plus en place. Arthur lui a promis qu'il aurait le droit d'entrer dans le mystérieux bureau. Quand son grand-père tourne la clé dans la serrure, le garçon peine à contenir son excitation. Il pénètre enfin. C'est comme découvrir un trésor. Il détaille attentivement chaque objet de la pièce. Jusqu'ici, il n'avait fait qu'apercevoir quelques éléments, toujours dans la pénombre, à travers la porte restée entrouverte. Son grand-père s'y rend souvent le soir, une fois la lune levée, l'air grave. Il s'installe derrière le grand bureau et sort calmement un carnet de l'un des tiroirs. Louis s'est toujours demandé ce qu'il pouvait bien écrire, avec autant de concentration, lui qui n'aime pas inventer des histoires. « Je préfère jouer celles qu'écrivent les autres », lui avait-il expliqué un jour.

Le garçon s'avance sur la pointe des pieds. Le cœur battant, ne sachant où porter son regard, tant il y a de choses à voir. En face de la porte, une large fenêtre arrondie, dont les carreaux laissent passer une lumière chaude.

Devant, au centre de la pièce, trône le bureau en bois, ancien et majestueux, avec un sous-main en cuir, une lampe au pied en laiton et à l'abat-jour vert, dont l'interrupteur est une chaînette à tirer, un presse-papier, une grande loupe, des livres et des piles de feuilles. Louis cherche le carnet des yeux, mais son grand-père l'a sûrement rangé. Sur la gauche de la pièce, un cabinet entomologique aux dizaines de tiroirs abrite les collections de papillons. À droite, le long du mur, court une bibliothèque en chêne, dont la plupart des livres semblent plus vieux que leur propriétaire. Des couvertures en cuir se succèdent, des textes de théâtre annotés, retenus par des trophées posés tels des serre-livres.

Louis jette un œil à la récompense dorée qui avait attiré son attention la dernière fois et demande nonchalamment :

— Tu aurais un conseil pour être un bon acteur ?

— C'est une très bonne question, mon grand, et je ne voudrais pas la gâcher par une réponse trop rapide. Demain, peut-être… élude-t-il, en souriant.

— Ah, non, Papy ! C'est pas toi qui vas me dire « demain ». S'il te plaît…

Arthur s'assoit alors dans le fauteuil club en cuir élimé qui fait face au bureau et croise calmement ses mains. Louis comprend que son grand-père va lui dire des choses importantes. Il s'installe à son tour sur la chaise en face de lui. Arthur se racle la gorge, tout autant pour se chauffer la voix que pour éclaircir ses idées :

— Pour être un bon acteur, je crois qu'il faut être… poreux.

— Peureux ? Ça, je peux y arriver… se rassure le garçon.

— Non, « po-reux ». Comme un buvard. Être capable d'absorber tout ce qui se passe autour de toi, de réagir en conséquence, sans te laisser déborder. Il faut de grandes qualités de maîtrise de la langue, du verbe, de la diction, mais il faut également être capable de réagir en cas d'imprévus : si un décor tombe, si un acteur se trompe de scène, si tu oublies ton texte…

Le grand-père se relève de son siège et arpente la pièce afin de trouver les mots justes.

— Au théâtre, c'est sans filet, il faut savoir faire avec. Il faut finir par oublier que c'est pour de faux. Tu dois connaître ton texte sur le bout des doigts, puis savoir le mettre de côté, ne plus y penser, et vivre à 1 000 %, ressentir vraiment les émotions du personnage, pour atteindre l'état de grâce.

— C'est comme le coup de grâce ?

— Pas exactement, non. C'est le lâcher-prise ultime. En résumé : pour avoir de la présence, il faut jouer au présent, être présent sur scène et dans l'instant.

— J'suis pas sûr de comprendre… Quand on est là, on est forcément présent !

— Tu as raison, je ne suis pas très clair. Ce n'est pas parce que tu joues la comédie que ton corps doit faire semblant. Un bon acteur sait se montrer vrai, avec ses failles et sa vulnérabilité aussi. J'en ai vu, en audition, qui feignent de ne pas avoir le trac et qui veulent imposer ce qu'ils ont préparé, travaillé, ce qu'ils maîtrisent et contrôlent. Mais on voit tout de suite que quelque chose ne va pas. Que c'est bloqué, que ça ne respire pas, qu'ils sont en apnée. Il n'y a pas de secret. Au théâtre, c'est comme pour le chant : l'air, c'est la vie !

Les yeux levés vers son grand-père, Louis boit ses paroles.

— La diction peut être parfaite et le texte récité sans erreurs, poursuit Arthur, on entend « j'ai peur, j'ai peur, j'ai peur ». Donc, quand tu entreras sur scène, qu'importe ce qui te tétanise, tu dois occuper l'espace avec une forme de déconcentration, de détachement de ce que tu as appris. Ton travail ne doit pas se ressentir. Tu te concentres uniquement sur ton partenaire, sur sa façon de jouer, et tu t'adaptes. C'est ça, savoir être au présent. Ce n'est pas grave d'avoir un trou ; tu connais le texte mieux que quiconque assis dans la salle, et si tu le déclames avec confiance, le moindre doute sera effacé, on sera avec toi, dans l'intensité, dans l'émotion du moment. Pas dans le parfait, mais dans l'imparfait, le vivant, le suspendu. Le jeu, pur et simple.

Louis tapote son menton. « Ne pas sentir le travail », « être peureux ou presque », « jouer pour de faux pour avoir l'air vrai »... Cela lui semble dans ses cordes !

— T'as déjà joué avec des acteurs qui étaient vraiment nuls ?

— Je n'irai pas jusque-là, mais, de mauvais comédiens, il y en a, oui.

— Comment on les reconnaît ?

— En tant que partenaire, tu as du mal à entrer dans la scène, à être juste, tu ne parviens pas à croire à cette histoire que tu dois défendre. Parce qu'eux n'y croient pas en premier lieu : ils ne sont pas vraiment là avec toi, trop occupés à se regarder jouer. Ou à douter d'eux-mêmes.

— Et tu fais quoi, dans ce cas-là ?

Arthur réfléchit un moment. Tout à coup, l'image d'un partenaire particulièrement rigide lui revient. Un acteur pourtant connu aujourd'hui, et qui, contrairement à lui, continue sans doute d'être appelé pour des rôles. Le théâtre lui avait rapidement fermé ses portes, mais le cinéma sait parfois se montrer indulgent avec les « belles gueules ». L'avantage quand on n'a pas de talent, c'est qu'on ne risque pas de le perdre.

— Eh bien, reprend Arthur, tu dois le porter à bout de bras, redoubler d'intensité à chaque réplique pour qu'il finisse par s'accrocher à toutes tes petites générosités. Ne surtout pas créer un fossé en faisant une démonstration au public pour prouver que « toi, tu sais faire, que toi, tu as vu qu'il n'était pas à la hauteur, que toi, tu es épatant », sinon tu dessers complètement la pièce. On est une troupe, une équipe. Comme les mousquetaires. Tu connais, *Les Trois Mousquetaires*, n'est-ce pas ?

— D'Artagnan, tout ça ?

— Exactement. Sur scène, il n'y a qu'une règle : « Un pour tous, tous pour un ».

4

Autrefois, j'ai eu peur de la solitude. J'ai alors plongé dans le travail, pour échapper à mon existence, je me suis immergé dans une troupe pour retrouver une famille. Pour fuir. J'ai passé ma vie à la jouer, pas à la vivre.

La solitude. On attend. On regarde la porte, mais on sait que personne ne va venir. On est seul, toujours. C'est ainsi.

La solitude est une petite mort, mais elle dure plus longtemps.

Il ne fait pas bon vieillir seul pour un homme. Il fane plus vite sans soleil. Sans sommeil aussi.

J'ai joué, j'ai perdu. Mon temps, des occasions, des gens que j'aime.

Malgré tout, je ne regrette rien. J'ai aimé ce métier.

5

Louis. Son bavardage n'a d'égal que sa gourmandise. À table, il enchaîne bouchées et questions à un rythme impressionnant. Quelques louches supplémentaires de saucisse/purée – son plat préféré – et il devient intarissable.

— Tu as toujours voulu faire ce métier ? Le cinéma, le théâtre, tout ça…

— Non, marmonne le grand-père, en s'essuyant soigneusement la commissure des lèvres avec sa serviette de table.

— Raconte-moi comment ça a commencé, Papy.

Arthur soupire et se sert un verre d'eau avant de reprendre :

— Il n'y a pas grand-chose à dire. Cela a été un pur hasard. J'étais au pensionnat…

— C'est quoi, un pensionnat ?

— Ça ne se fait plus trop de nos jours, mais à l'époque…

— Ah oui, c'est vrai, tu es né à l'Époque, toi… l'interrompt Louis.

Arthur sourit et poursuit :

— Bref, comme je te le disais, un pensionnat, c'est une école dans laquelle on habite. On ne rentre chez soi que pour les vacances, et encore, si tes parents peuvent t'accueillir.

— Quelle horreur ! Vivre dans une école ! T'as pas essayé de t'échapper ?

— En vrai, oui, mais ce n'est pas une prison, non plus… Tu veux mon histoire ou tu comptes m'interrompre à chaque mot ? Tu sais, moi, je ne suis pas du matin, ni du midi, donc…

Louis se mord alors la lèvre et l'encourage de ses grands yeux à continuer.

— Je disais donc, au pensionnat, on nous a demandé de jouer une pièce de théâtre. Je ne savais pas du tout de quoi il retournait. J'ai vu la salle, les planches, le rideau, les costumes, ça avait l'air chouette, alors je me suis proposé. Ils ont réparti les rôles et je ne sais pas pourquoi ils m'en ont donné un important. J'ai beaucoup travaillé pour apprendre mon texte, j'en avais cinq fois plus que les autres. Et puis, un soir, en fin d'année, tous les parents ont été invités à venir voir la représentation. Ils étaient au moins deux cents dans la salle.

— Deux cents ? Tu as dû avoir une sacrée trouille…

— Même pas, je crois que je n'ai pensé à rien à part à mon texte. Et là, il s'est passé quelque chose d'incroyable !

— Quoi ? Quoi ? Quoi ?

— Quelque chose qui ne m'était jamais arrivé de toute ma vie…

— Le père Noël, un Martien, un dauphin, un… ?

Le grand-père lance un regard réprobateur et aussitôt Louis se pince les lèvres, sautillant malgré lui sur sa chaise. Arthur poursuit :

— C'était la première fois de toute ma vie que des adultes se taisaient quand je parlais.

— Hein ? C'est ça, le super-truc ?

— Attends, *tous* les adultes se sont tus. Même ma mère.

6

Pour une fois, personne ne m'avait dit « Tais-toi », « Parle moins fort » ou « Cesse de faire ton intéressant ».

Elle n'avait pas eu le choix.

Elle s'était tue et m'avait écouté. Et je crois que, même elle, elle en était restée bouche bée : j'étais enfin bon à quelque chose.

7

Louis fait une moue déçue. Arthur essaie de le captiver à nouveau :

— Cela m'a donné un tel pouvoir que je n'ai plus jamais voulu arrêter.

— Et t'as pas eu peur du tout ?

— Si. Après, j'ai toujours eu le trac, et de plus en plus avec les années. Il y a cette angoisse qui monte dans la loge, trente minutes avant la représentation. On se répète le texte dans la tête. D'un seul coup, on n'est plus grand-chose. Je n'ai jamais craint d'être mauvais ou de mal jouer, je me rends compte que c'est très orgueilleux de ma part…

— Mais, alors, tu avais peur de quoi ?

— Une peur panique du trou de mémoire.

— Et ça t'est arrivé ?

— Ça arrive à tous, malheureusement. La perte de mémoire, c'est la hantise de tout comédien. Il ne peut plus travailler s'il n'est pas capable de montrer qu'il connaît son texte.

— Et toi alors ?

— Le véritable trou de mémoire sur scène, je ne l'ai vécu qu'une fois. Alors que la minute d'avant je connaissais mon texte sur le bout des doigts. Enfin, bref, c'est toujours comme ça de toute façon… C'est psychologique. J'en fais encore régulièrement des cauchemars. Dans mes rêves, j'avance sur scène, pas préparé, j'ignore quelle pièce jouer, quel texte réciter. Je suis seul, sous les lumières aveuglantes, le public me regarde, sévère, et attend. Puis mes partenaires apparaissent à mes côtés, mais leurs yeux se font durs et personne ne m'aide.

— Mais c'est horrible, comme cauchemar ! Tu le fais encore ?

— Oui, quand j'arrive enfin à dormir…

— Dis, Papy, n'importe qui peut être acteur ?

— Une des grandes chances avec le théâtre, c'est que l'on cherche des gens comme tout le monde. Talentueux, certes, mais qui représentent la diversité du monde. Je ne suis pas beau, je suis à peine plus grand que la moyenne… Il ne faut pas être trop beau de toute façon pour avoir des rôles intéressants, ni être trop grand, il faut parfois être passe-partout. Mais avoir un truc un peu différent aussi.

— Toi, c'était quoi, le truc qui t'a rendu célèbre ?

— Ma voix.

Louis le regarde intensément. C'est vrai que la voix de son grand-père est particulière : à la fois douce et chaude comme une caresse et, en même temps, elle lui fait penser à une caverne profonde, dans laquelle on aurait envie de s'attarder. Il réfléchit, ça turbine, mais reste finalement silencieux. Arthur reprend.

— La leçon importante à retenir, c'est que l'on t'appréciera, on te désirera *pour* ta singularité, et ton humanité aussi. Transforme tes différences en chances. De toute façon, avec un physique banal comme le mien, si je n'avais pas fait comédien, je serais devenu espion.

— Ça existe pas pour de vrai ?!!

— Bien sûr que ça existe !

Louis en oublie d'avaler sa purée… Être espion se révèle plus tentant que de devenir comédien.

— Mais si je deviens espion, Papy, tu vas être triste que je fasse pas comme toi.

— Ne fais jamais rien pour faire plaisir à quelqu'un. N'attends jamais l'autorisation d'être qui tu es. C'est toi, et uniquement toi, qui as ce pouvoir. Être ou ne pas être acteur, pâtissier, musicien, vétérinaire, espion, telle sera *ta* question. Et puis, une vie, c'est long. Tu auras même l'occasion d'avoir mille vies !

Arthur se racle la gorge, ses yeux s'embuent :

— Écoute-moi bien, Louis : je t'aimerais quoi que tu fasses, quoi que tu choisisses : le plus important, c'est que tu sois épanoui, heureux, et que tu te sentes à ta place, c'est tout.

— C'est vrai que c'est long, la vie ! Alors je serai acteur le lundi et mardi, espion le mercredi et jeudi, vétérinaire le vendredi et samedi parce que j'aime bien les animaux, et président le dimanche parce que j'aime bien décider.

Louis marque une pause, fronce les sourcils, et reprend, plus inquiet :

— Papy, tu m'aimeras vraiment quoi que je fasse ? Même si, un jour, je te déçois ?

— Aucun risque que cela arrive, Moussaillon.

— Tu m'aimeras toujours, alors ?

— Toujours. J'irais même en prison à ta place si je le pouvais.

— Et même te faire décapiter ou momifier vivant ?

— Monsieur le roi Louis, n'abusez pas trop quand même…

Le jeune garçon reste songeur et dit :

— Eh ben, dis donc, c'est drôlement cool !

— C'est ça, l'amour.

8

J'avais fait l'erreur d'observer les spectateurs en entrant sur scène et j'étais tombé sur elle. Ma mère.

À peine avais-je croisé son regard sans sourire, mes jambes s'étaient mises à flageoler. Plus rien d'autre n'existait que ses yeux qui me fusillaient : ni mes partenaires, ni mon texte. J'étais tétanisé.

Une sensation de chaleur proche de l'évanouissement, puis une nausée, s'étaient emparées de moi. Et c'était arrivé. Le trou de mémoire. Le seul de ma carrière. Pas même un soir de première, non, mais l'unique fois où ma mère était venue me voir jouer professionnellement.

Cela avait dû durer cinq secondes. Une éternité. Le public ne s'était sans doute rendu compte de rien, pensant sûrement que ce silence faisait partie du spectacle, mais elle, elle l'avait immédiatement décelé. Elle voyait toutes mes failles. Elle s'était alors levée, elle avait bousculé toute sa rangée et elle était partie. Sans se retourner.

Le soir, en rentrant à la maison, elle avait simplement lâché : « Choisis un autre métier, mon fils. Arrête de faire le saltimbanque, ça ne te va pas. »

C'était la première fois qu'elle venait me voir. Et ce fut aussi la dernière.

9

Le lendemain matin, le grand-père est d'une humeur tempête. *Garde-à-vous* doit passer et, immanquablement, cela le raidit. Il redoute de se faire réprimander. Encore. Il n'y est pour rien si sa tension est basse : il les prend, ses fichus médicaments. Enfin… quand il y pense.

9 h 35. Toujours rien. Elle est en retard.

Arthur fait les cent pas, tel un vieil ours en cage. Chaque fois qu'elle vient, *Garde-à-vous* lui fait l'effet d'un rouleau compresseur qui écraserait tout ce qui se trouve sur son passage. La bonne humeur et l'optimisme avec. Louis le regarde tourner en rond, entre deux bouchées de brioche au beurre.

— Papy, faut pas te faire du mauvais sang d'encre. Maman, elle dit que c'est pas bon pour le cœur. Tiens, on partage la brioche si tu veux !

Il tend à Arthur le minuscule morceau qu'il n'a pas encore englouti.

— Non merci, mon petit. On se fera un bon repas après, là j'ai l'estomac à l'envers. Je vais aller me préparer.

Arthur part dans sa chambre. Louis en profite pour se servir un troisième bol de chocolat chaud.

Trente minutes plus tard, on sonne à la porte :

— Papy, voilà *Garde-à-vous* ! Tous aux abris ! crie l'enfant en sortant de la cuisine, toujours très intéressé par les visites de l'impressionnante infirmière.

Garde-à-vous entre avec assurance. Elle passe devant Louis sans même lui accorder un regard et se dirige vers la chambre d'Arthur pour commencer sa visite. Le garçon la suit de près, de trop près, il manque de lui rentrer dedans lorsque tous les deux découvrent, interdits, Arthur.

Devant son grand miroir, le grand-père se tient droit et fier. Il a revêtu un costume trois pièces. Le costume en velours côtelé vert bouteille. Celui des beaux jours. Peigné, rasé de près, un doux parfum de lavande embaume la chambre. Ce qui les frappe tous les deux, c'est qu'Arthur prend la pose, charmeur, souriant à droite, puis à gauche, comme si des appareils photographiques flashaient de tous côtés.

L'infirmière demande alors :

— Monsieur, tout va bien ? Qu'est-ce que vous faites ?

Arthur se retourne. Dans son regard, la lueur est étrange :

— Allez, Nina, en route ! dit-il en s'adressant à *Garde-à-vous*. La messe n'attend pas !

Nina ? Louis sent les larmes lui monter aux yeux. Il ne comprend pas : que fait son grand-père ? Une seule certitude, il ne joue pas. L'infirmière s'approche, pose une main ferme sur l'avant-bras d'Arthur et l'invite à s'asseoir.

Louis se souvient tout à coup du pacte. Il doit intervenir. Il a promis de l'aider. Mais la première leçon de théâtre avec son grand-père n'a pas encore eu lieu et il ne sait comment entrer en scène. Il se lance alors dans une improvisation laborieuse :

— Oh, Papy ! Mais Maman n'est pas encore arrivée ! Elle a… appelé pour dire qu'elle avait… qu'elle allait avoir du retard. Environ dix minutes. Enfin, plutôt deux heures. Parce que… euh… il y a des embouteillages… Ah, tous ces touristes !

Le menton du garçon tremble et il sent ses mains devenir moites. C'est sans doute cela, « avoir le tract », pense-t-il. Mais il doit tenir bon. Alors, se tournant vers *Garde-à-vous*, d'un air exagérément entendu :

— Non, parce que, vous comprenez, Nina c'est ma fille. Enfin, la sienne. Et c'est aussi ma mère. Puisque lui c'est mon grand-père. Vous voyez, ça coule comme de l'eau de source, hein.

L'infirmière n'est pas bon public. Elle reste impassible.

— Monsieur, je remonte le bras de votre chemise pour prendre votre tension.

Docile, Arthur se laisse faire pour sa visite médicale, sans réagir au monologue désespéré de son petit-fils. Puis il tressaute sur le bord de son lit, soudain impatient :

— Fais vite, ma chérie ! On va rater le début… continue-t-il, avant de se mettre à chantonner, guilleret, des cantiques de messe.

Le garçon s'effondre de l'intérieur, son partenaire ne le regarde pas, il a oublié de jouer son rôle. Louis se sent seul sur scène. Il comprend ce que voulait dire son grand-père au sujet des mauvais acteurs. Mais il se souvient aussi que la représentation doit tenir jusqu'au bout. Alors il poursuit, avec une gestuelle de plus en plus maladroite :

— Et donc, comme l'église n'est pas loin, hier, on s'est dit : « Tiens, la messe ! C'est bien ! Ça fait longtemps tout ça. » C'est pour cette raison qu'il dit ça, vous comprenez, hein, Madame *Garde-à-v*… Docteur ?

Pour la première fois, l'infirmière fixe le jeune garçon intensément. Louis sent qu'il parle trop et qu'elle va lui demander de quitter la pièce. Il recule discrètement au moment où elle l'interroge :

— Ton grand-père a des éraflures sur les bras. Tu sais comment il s'est fait ça ?

Louis ne l'avait pas vu venir. Il a dû se griffer quand ils se sont perdus en forêt. Lui-même a les tibias égratignés.

— Oui… et c'est pas du tout ce que vous croyez, c'est…

— Je ne crois rien, je demande, dit-elle avec une esquisse de sourire, qui glace davantage le garçon.

Il baisse les yeux pour fuir le regard sévère de l'infirmière :

— Bah, c'est parce que… on était dans le jardin… euh… là dehors… à regarder les mûres, les papillons, les fourmis, les mouettes, les… plein de choses, quoi… quand le chat de Micheline a vu une souris… Micheline, c'est la voisine. Elle est amoureuse de Papy. Bref. Et soudain, il a essayé de l'attraper ! Le chat, hein, pas la voisine… mais tout à coup…

— C'est pas joli joli, tout ça, murmure-t-elle, en imbibant un coton de désinfectant.

— … il a foncé entre les jambes de Papy, qui a perdu l'équilibre…

— Monsieur, ça va piquer un peu, je vous préviens, continue-t-elle, imperturbable.

— … et là BAM, Papy est tombé dans le mûrier !

Louis fait de grands gestes pour mimer la scène. *Garde-à-vous* l'ignore, concentrée sur son patient.

— Alors, cette tension ? demande tout à coup Arthur.

Louis s'arrête immédiatement de gesticuler. L'infirmière relève la tête et croise le regard vif de son patient.

— Votre tension est basse, Monsieur. Et il semble que vous venez d'avoir un moment de…

Elle regarde l'enfant, se ravise :

— … un moment de fatigue. Il faut revoir vos médicaments. Je vous invite à consulter urgemment votre médecin.

Elle range ses affaires, tourne les talons et, sur le seuil de la chambre, interpellant Arthur, elle désigne Louis d'un bref signe de tête :

— C'est risqué ce que vous faites, Monsieur.

Une fois l'infirmière partie, Arthur prend Louis dans ses bras et le serre avec tendresse :

— Tu sais, Moussaillon, j'ai trouvé ton improvisation épatante. Tu as un sacré talent de comédien.

— Tu étais là ? Tu as tout entendu ? demande Louis, soulagé.

— Bah, oui ! Tu croyais que j'étais où ?

10

Désormais, Louis, nous sommes liés par notre pacte, pour le meilleur et pour le pire.

Moi qui refusais que tu m'aides à porter le sac de plage, moi qui avais d'abord refusé les petits plats cuisinés de ma voisine, me voilà bien empêtré, acceptant l'aide de toutes parts.

Ce n'est pourtant pas ma faute, Louis, si l'homme ne peut vivre sans vieillir, sans décliner. Sans mourir aussi.

Décidément, avec l'âge, rien ne s'arrange jamais.

11

Louis ne s'est pas encore remis de ses émotions. Pendant un instant, son grand-père n'était plus le même. Mais l'important, c'est qu'il soit revenu, vif, plein d'entrain. Un peu trop peut-être, au goût du garçon…

— On va aller au marché, Louis, sinon on n'aura rien pour le déjeuner, annonce Arthur en attrapant son panier à provisions.

— Oh, non ! J'ai pas envie de faire des courses. C'est nul. En plus, j'ai pas très faim…

— Comment c'est possible : il est presque midi ?

— J'sais pas, j'couve sûrement quelque chose… répond-il, la bouche barbouillée de mûres sauvages.

— Une petite crise de foie, peut-être ? La prochaine fois, appelle-moi : qu'on partage !

— Je t'en ai gardé deux, tiens. J'aimerais aller dans ta voiture. S'il te plaît, Papy…

— Bon, d'accord, mais tu t'accroches alors… Laisse-moi vérifier deux-trois choses d'abord et je t'appelle quand je suis prêt.

De longues minutes plus tard, le grand-père appelle son petit-fils, qui a définitivement fait un sort au roncier. Confortablement installé, ceinture de sécurité mise, Arthur teste avec un mélange d'hésitation et de maniaquerie toutes les fonctionnalités de sa voiture : les essuie-glaces, les phares, les clignotants, les rétroviseurs extérieurs et intérieur, il appuie de temps en temps sur l'accélérateur ; Louis regarde attentivement la gestuelle de son grand-père, mais constate que le véhicule ne bouge pas d'un iota et reste sur sa place de stationnement. Le moteur ronronne et use la patience du petit garçon, qui trépigne sur son siège arrière, sans oser prendre la parole. Il se plaisait à observer son grand-père toucher à tous les boutons, impressionné comme s'il était dans le cockpit d'un avion, mais il commence à trouver le temps très long. Il regarde une nouvelle fois l'horloge digitale et se promet d'attendre que la nouvelle minute s'affiche avant de rouspéter. Quand enfin le chiffre libérateur apparaît, Louis lâche :

— Bon, Papy ! On y va, oui ou non ?

— Non, affirme le grand-père d'une voix douce. Tu m'as dit que tu voulais aller dans ma voiture. On y est. Que veux-tu de plus ?

Interloqué, Louis cherche ses mots et, ne trouvant rien à dire à l'absurdité de la scène, reste bouche bée. Une mouche pourrait y faire ses petits.

— Ne sois pas surpris, Louis. À mon âge, on préfère se faire conduire. C'est peut-être le passage du théâtre au cinéma qui m'a rendu précieux… J'espère que tu m'excuseras cette coquetterie. Allez, ne tardons plus ! Le bus va passer d'ici trois minutes.

Louis ne se défait pas de sa moue boudeuse.

— Arrête de faire cette tête ! Tu as permis à Titine de ronronner un peu. Cela faisait des lustres qu'elle n'avait pas servi.

— On a eu d'la chance qu'elle ait démarré du premier coup ! s'enthousiasme Louis, en sortant de l'habitacle.

— De la chance ? Tu ne m'as pas vu m'évertuer pendant une heure avec mon rechargeur de batterie ?

— Ah non, je devais être dans le jardin.

— Encore à manger mes mûres et à piétiner mes fleurs…

Quand le bus arrive, Louis précède son grand-père encombré de son grand cabas et s'installe au premier rang, côté fenêtre.

— C'est ma place préférée, fait remarquer le grand-père.

— Moi, aussi ! On a la meilleure vue sur la route. Dis, Papy, tu étais gourmand quand tu étais enfant ?

— Très. Je te ressemblais beaucoup, je crois. J'étais une vraie pipelette à poser des milliers de questions, ce qui était parfois fatigant pour les autres. Et puis, je ne tenais pas en place, j'étais un peu turbulent. Ma mère disait que j'avais « le diable au corps ». Mon frère était plus calme. J'avais une telle énergie, seulement je ne savais pas où la mettre. À l'école, il fallait rester assis, sagement, toute la journée, c'était une torture ! J'avais envie de jouer à l'aventure, la vie était dehors à m'appeler, il y avait tant de choses à découvrir. Je voulais être bien obéissant et, à la fois, j'avais un grand désir de liberté. J'ai toujours eu l'impression de jongler avec le gentil ange et le petit démon.

Il guette les arrêts qui défilent. Plus que trois avant de descendre.

— Et, dans tes films, tu préférais jouer les méchants ou les gentils ?

— Les deux, mais je crois que ce qui me faisait du bien était de jouer des monstres. J'avais l'impression de me débarrasser des miens. J'ai toujours pensé qu'il y avait une différence en moi, qui expliquait… plein de choses.

— Comme quoi ?

— Pourquoi certaines personnes me trouvaient grossier, gênant, jamais dans le cadre, malgré tous mes efforts d'enfant. J'ai gardé une tendresse pour ces rôles hors normes. Cyrano de

Bergerac, par exemple, était injustement perçu comme non aimable, et pourtant…

— Tu choisissais tes rôles ?

— En définitive, pas vraiment. Avec le recul, je pense que ce sont plutôt les rôles qui m'ont choisi. Allez, viens, Louis, on descend ici.

Les deux compères saluent la conductrice du bus et débouchent sur la place du marché. Quelques étals sont déjà en train d'être rangés. Louis suit son grand-père à la trace, d'abord chez le boulanger, puis chez le fromager, ensuite le maraîcher, et ils finissent par le poissonnier. Il ne cesse pas un instant avec ses questions.

— Si aujourd'hui tu pouvais décider quels films tourner, ils seraient drôles ou… ?

— Je n'ai jamais voulu choisir entre comique et tragique. Tiens, revoilà notre bus. Nous sommes parfaitement synchronisés.

Lorsqu'ils montent dans le véhicule, une vieille dame est déjà assise à leur place. Tous deux lui lancent un regard contrarié et vont se glisser deux rangs derrière elle, afin d'observer la route qui se déroule devant eux.

— Papy, quand tu jouais dans une histoire triste, tu ne pleurais pas après ? demande le garçon, inquiet.

— Non. Par contre, je ne vais pas te mentir, le costume ne protège pas de tout.

12

Comique, tragique, mes rôles ont toujours eu un peu des deux. Le drame donne du sens à la comédie et la comédie allège le drame. Comme la vie, en réalité.

Parmi les personnages que l'on me proposait, les fantômes de mon enfance et de mon adolescence me rattrapaient toujours. À croire que les failles que l'on cherche à cacher se voient, immanquablement…

On met des costumes trop grands, on se sent minable par rapport à l'acteur qui était dedans avant. Lui, plus grand, plus fort, plus jeune, plus beau. Plus légitime, aussi. Et puis, à la fin de l'acte III, *on se défait de son déguisement, mais on ne se défait jamais de son sentiment d'imposture.*

Ce qui est triste, c'est le temps qui passe. On vieillit et quelque chose nous échappe un peu plus chaque jour. On dresse la liste des « plus jamais ». Faire le deuil de chaque période de sa vie : deuil de l'enfance, deuil d'une certaine jeunesse, deuil de la fraternité, deuil de l'amitié invincible, deuil des parents parfaits, ceux que l'on n'a jamais eus et que la vie ne nous donnera pas.

Avec les films, je replongeais parfois dans ces périodes dont j'avais fait le deuil, mais pour de faux. Et c'était douloureux.

Jouer, c'est accepter de perdre le contrôle, de lâcher prise, d'ouvrir les vannes, de se mettre à nu. De prendre une balle en plein cœur, sans gilet pare-balles. D'être à terre et de ne pas pouvoir se relever. À chaque rôle, les cicatrices de la vraie vie se rouvraient alors qu'il m'était vital de les refermer.

13

L'après-midi est chaud. Le soleil en impose dans le ciel. À l'ombre, dans le grenier frais, Arthur et Louis sont prêts pour la première leçon de théâtre.

— C'était une très bonne idée, ta petite improvisation avec *Garde-à-vous*, ce matin. Bravo, Louis. Maintenant, il va falloir gagner en crédibilité, notamment quand tu mens.

— On fait comment pour faire semblant ?

— Déjà, ton ancrage dans le sol. Je t'ai vu te dandiner, d'un pied sur l'autre, comme si tu avais envie d'aller au p'tit coin. Reste tranquille, sinon on peut penser qu'il y a anguille sous roche.

— Qu'il y a quoi ?

— … que tu caches quelque chose. Le regard, ensuite, il ne doit pas être fuyant, mais assumé, sûr, droit, planté dans les yeux de l'autre. Ça, c'est la base. Mais, le plus important de tout, le secret…

— Oui…

— C'est ta voix. Elle ne doit jamais te trahir. Elle doit être assurée et posée.

Louis n'ose pas répondre.

— Tu as une très jolie voix, Louis. Pure, claire, comme ton rire. N'en doute jamais. Par contre, quand tu mens, elle a tendance à vriller, à déraper dans les aigus : elle dévoile ta fébrilité.

— Comment ça ?

— Dans notre cerveau reptilien, les aigus peuvent déclencher une sensation désagréable, un stress, car ils évoquent le cri du danger avant la fuite. Moduler, ralentir le débit, descendre dans les graves, ça se travaille. C'est la clé dans ce métier. Avec les trous de mémoire, perdre sa voix, c'est la hantise de tout comédien.

— Ça t'est déjà arrivé ?

— Oui, une fois. Je m'étais disputé avec ma femme, elle en avait marre de mes absences, d'entendre mes excuses. Et puis, un matin, sa prière a été exaucée : j'étais aphone. Je n'ai plus été capable de dire un mot pendant des semaines. Le théâtre a dû me remplacer au pied levé. Je n'ai pas pu dire au revoir à ma partenaire. Je ne l'ai jamais revue d'ailleurs.

— Tu avais l'air de bien l'aimer…

— Oui, beaucoup. Pas du même amour que ta grand-mère, mais c'était une très grande actrice. J'aurais aimé jouer davantage à ses côtés.

Arthur marque un silence. Ses yeux s'embuent.

— La voix, reprend-il en se raclant la gorge, c'est la mémoire de l'âme, et comme la mémoire, comme le corps, ça s'entretient et ça vieillit avec les épreuves de la vie. Il faut que tu en prennes soin quel que soit ton métier : dans la vraie vie, les gens n'écoutent pas le message, à 90 % on écoute le timbre et la confiance que tu dégages. C'est comme ça qu'ils font les entretiens d'embauche aujourd'hui. Allez, on commence : « Les chaussettes de l'archiduchesse sont-elles sèches… »

Louis lui jette un regard sceptique, puis il se lance.

— « Les chaussettes de l'arssi… » de l'architecte ? Tu peux répéter, Papy !

— Attends, Louis, on va commencer par chauffer tes vibrateurs : tape sur tes avant-bras, masse tes joues, sous les yeux aussi… Comme ça, c'est bien.

— C'est ridicule, ça sert à rien, ronchonne Louis en singeant son professeur.

— Non, tu vas voir. Maintenant, passons aux vocalises. Répète après moi : Papapapapapapapapapa…. module le grand-père, aussitôt imité par son petit-fils.

— Papapapaaaaa… C'est nul ! J'ai l'impression de chanter comme une casserole.

Arthur lui pose une main sur l'épaule.

— Ne sois pas dur avec toi-même. Laisse passer l'air : ta voix est tout étranglée. Ouvre. Respire…

— Papapapapaaaaaa, déraille la voix du jeune garçon. Ça y est, maintenant on dirait les sœurs de Cendrillon…

— Arrête de tout analyser, Louis. Tu ne t'aides pas, là. C'est juste coincé dans ta gorge. Respire !

— Mais je ne fais que ça…

— L'air, c'est la vie, Louis.

— Merci, j'avais remarqué… dit-il en levant les yeux au ciel.

Le jeune garçon s'assoit par terre, agacé :

— C'est dur, j'y arriverai jamais !

— Sois patient, Louis.

— J'ai pas ta voix de monsieur, moi.

— Crois-moi, mon petit, je n'ai pas toujours eu cette voix.

14

Après quarante-cinq minutes à patienter dans la salle d'attente, où les uns toussaient quand les autres se raclaient la gorge, la porte s'était ouverte et ma mère et moi étions enfin entrés, nous engouffrant dans l'antre du médecin, qui referma derrière nous. La petite musique continuait son air d'ascenseur pour des raisons de confidentialité.

— Docteur, je vous amène mon fils, car je ne supporte plus sa voix. C'est trop aigu, c'en est désagréable de l'entendre.

— Mais, Maman, c'est pas de ma faute…

— Tais-toi, s'il te plaît. On essaie de régler ton problème, là ! Vous voyez, Docteur, comme c'est insupportable ?

— Mais, Maman…

— Ne rends pas les choses plus difficiles, Arthur. Qu'est-ce qu'on peut faire, Docteur ? Il ne peut pas rester avec cette voix ridicule !

15

Auprès de son grand-père, Louis passe le meilleur des étés. Les journées sont réglées comme du papier à musique : théâtre le matin et plage l'après-midi, programme parfois entrecoupé de parties d'échecs, de pêches ou de leçons de choses dans le jardin.

Le duo de comédiens est rodé : Louis a gagné en assurance et intervient dès qu'il sent son grand-père flancher. Cela arrive, notamment dans les lieux publics. Un moment d'absence, une perte de repère. Mais, si la maladie progresse, Arthur, lui, se sent rajeunir. L'enthousiasme contagieux de son petit-fils lui procure une joie revigorante.

Depuis de longues secondes sur le rivage, Arthur hésite à entrer dans l'eau. Le froid lui a mordu les chevilles alors qu'il se demandait encore ce qui avait bien pu lui prendre d'affirmer qu'aujourd'hui il se baignerait. En plus, il ne fait même pas très beau. Tout cela pour faire le fier, pour prouver à son petit-fils que sa dernière baignade n'appartient pas au passé. Il avance vers le large et l'envie de faire demi-tour le saisit autant que la morsure aux mollets. Après tout, il n'a rien à prouver.

Le petit garçon, déjà immergé jusqu'à la taille, l'attend pour s'éloigner davantage et nager vers le large. Sous son regard amusé, Arthur se balance d'un pied sur l'autre en haletant. Mine de rien, Louis a planté une graine persistante dans l'esprit d'Arthur avec son idée des premières fois. Désormais, le grand-père essaie, chaque jour, des choses nouvelles. Comme avec la rosalie, c'était sa première fois aussi. Il n'en avait jamais fait avec Nina. Expérimenter, tous les jours, apprendre, même si parfois on ne réussit pas, même si quelquefois ce n'est pas assez. Mais tenter tout de même.

Il reste à Arthur quelque chose de l'enfance, quelque chose du garçon qu'il était, lorsqu'il laisse le sable passer entre ses orteils. Lorsqu'il vérifie d'un œil inquiet et intéressé que le kiosque à glaces est bien ouvert. Ou encore lorsqu'il ne peut s'empêcher de faire s'envoler les mouettes, en les éclaboussant du bout du pied.

Du bout du pied, Arthur surprend à son tour le jeune garçon et le trempe intégralement.

— Aaaaah ! hurle le petit. Tu es un traître et ma vengeance sera terriiiiiiiible ! À l'attaque…

La guerre est déclarée, Arthur le sait. De cet affront, il ne sortira ni indemne, ni sec. Mais il préfère encore choisir à quelle sauce se faire manger. Alors, il plonge tête la première dans l'eau glacée, toutes les cellules de son crâne aussitôt saisies par le froid. C'est le prix à payer pour une bêtise assumée.

De sa tête qui reste bien trop au-dessus de l'eau, comme s'il ne désirait pas mouiller davantage sa mise en plis, le grand-père s'élance dans un crawl de compétition au ralenti, dépassant de deux têtes son petit-fils, qu'il interpelle alors.

— Le premier à la bouée gagne le respect éternel de l'autre, défie-t-il.

Une heure de démonstration de planche plus tard, d'allers-retours à la bouée, de cheveux dressés en aileron de requin et de poiriers sous l'eau, c'est épuisés et transis que le grand-père et son petit-fils trottent jusqu'à leurs serviettes pour s'y emmitoufler en claquant des dents. Arthur tente de passer une main dans ses cheveux, cependant le sel a figé sa coiffure. De ses doigts frêles, Louis lui replace deux mèches rebelles autour du visage, puis lui attrape les mains, regardant avec attention l'intérieur de ses paumes.

Personne n'a osé toucher la carcasse fragile d'Arthur avec autant d'assurance et de cœur depuis longtemps. Sans avoir peur de le casser, sans le prendre pour une petite chose fragile, sans que ce soit seulement pour des raisons médicales. Devenu intouchable. Comme si la vieillesse était une maladie transmissible.

— Oh là là ! Tu as vraiment des mains de vieux…

— C'est un fait, je ne suis plus très jeune, tu sais.

Ils restent ainsi, en silence, à avaler le paysage des yeux, bercés par la rumeur des vagues. La nuit a été courte, la sieste n'en sera que plus douce.

Lorsqu'ils émergent, la plage s'est vidée et leurs corps sont déraisonnablement rouges. Encore un secret de plus à garder…

Louis se redresse.

— Je vais faire une petite expérience… Je vais rester méga super longtemps dans l'eau pour essayer d'avoir les mêmes mains que toi, Papy !

— Attends, tu y retournes, là ? Je te préviens, pour obtenir mes rides, je crains que tu ne doives y passer plus d'un demi-siècle…

— C'est un risque à prendre, déclare l'enfant en plongeant dans la première vague.

Au bout de vingt minutes à barboter, le jeune garçon remonte sur la plage et s'ébroue généreusement à côté de son grand-père. Celui-ci, trempé, reste digne et fier. Le garçon scrute ses paumes à peine séchées.

— Waouh ! Regarde mes doigts ! Je suis méga super vieux ! Montre encore tes mains, Papy ? Oh, tu gagnes toujours… Bon, comment faire… ???

Dis-moi, quand tu te baignes, tes doigts, ils peuvent devenir encore plus vieux ?

— Bah, oui…

— Comme une momie ? Ça va être compliqué de te rattraper alors. Attends, j'ai une autre idée…

— Tu en as cent à la minute ! Tu n'as pas faim, plutôt ? Une petite glace, ça te dit ?

La vendeuse au chemisier coloré salue les deux gourmands de son amabilité habituelle. Le grand-père chuchote à l'oreille du garçon :

— Vas-y, Louis ! C'est toi qui commandes pour une fois. Comme ça, tu seras sûr de bien prendre chocolat.

Arthur lui laisse l'appoint et retourne s'allonger sur sa serviette, gardant un œil attentif sur le garçon.

Louis bafouille, rougit, se trompe, corrige, demande une cuillère, puis une serviette supplémentaire, et enfin repart. Avec sa glace vanille/fraise et le sentiment de l'exploit accompli.

Les mouettes ont repris leur place. Lorsque, avec leurs cônes, ils se posent sur leur serviette à scruter l'horizon, elles les ignorent superbement. Cette fois, des gravelots les accompagnent. Ils font le spectacle. De leurs courtes pattes rapides, ils arpentent le sable mouillé, remontant et descendant la plage au rythme des vagues, à la recherche d'un mets à déguster. Ils enchaînent les allers-retours en évitant de se faire rattraper par la vague, qui toujours les surprend par sa rapidité. On dirait un jeu. Qui se mouillera mangera.

Le soleil joue à cache-cache et ne reparaît plus, une fois le goûter englouti. Un voile de ciel gris s'abat sur eux et sur le moral du garçon, qui soupire.

— Qu'est-ce qui te tracasse, mon petit ? lui demande Arthur, attentif.

— Je ne t'ai pas tout avoué, en fait…

Le jeune Louis chuchote à l'oreille de son grand-père.

— Je n'entends rien, juste que tu me baves dans le pavillon… Tu sais, à mon âge, on devient dur de la feuille !

— C'est normal que t'entendes rien, je t'ai encore rien dit ! Papy, moi aussi, j'ai un secret…

16

N'en pouvant plus de sentir ses joues s'empourprer et se tordant les mains dans tous les sens, Louis finit par lâcher ce qu'il a sur le cœur :

— Papy, tu as déjà été *vraiment* amoureux ?

— Oui. Bien sûr… Mais je peux surtout te parler des amours ratées, des rendez-vous manqués.

— Tu étais une star, tu devais avoir des millions d'amoureuses…

— C'est vrai que quand on est un peu connu et jeune surtout, il y a des avantages. Un certain nombre de filles me souriaient dans la rue, c'était plaisant. Ça peut sembler prétentieux, mais, moi qui ne me trouvais pas très beau, un peu trop passe-partout, ça m'a bien rassuré. Cela dit, les groupies, les fans, ce n'est pas ça, l'amour.

— Alors, c'est quoi, l'amour ?

— *La* question que tout le monde se pose… Si la réponse était si simple, il y aurait bien peu de romans, de films et de pièces de théâtre, mon

Louis ! Toi, tu aimerais déclarer ta flamme à une fille, mais tu n'oses pas, c'est bien ça ?

Le cœur de Louis papillonne pour une petite rousse de sa classe, dont il est épris en secret. Il est ébloui par sa chevelure flamboyante.

— En réalité, mon petit, il faut foncer, poursuit Arthur. La vie est trop courte pour tourner autour du pot. Le seul conseil que je pourrais te donner serait de le lui dire, et sans tarder.

— J'peux pas ! Je suis trop timide… Chaque fois que j'ai essayé de lui parler, je suis devenu plus rouge que les tomates qui poussent dans ton jardin.

— Toi ? Timide ? À d'autres ! Tu n'as pas ta langue dans ta poche et tu as une repartie que j'aurais adoré avoir à ton âge…

— Si, j'te jure, Papy ! Je suis timide, mais seulement avec les filles… chuchote-t-il.

— Ah… Je comprends mieux. Au fond, je vais te dire quelque chose d'important : ça ne sert à rien d'être timide. Ça pourrit la vie, on se met des barrières tout seul, c'est complètement stupide ! Je l'ai été, plutôt tétanisé en fait, je n'osais plus être moi, réagir comme je l'aurais fait naturellement, je pensais toujours qu'on allait trouver que j'étais ridicule, maladroit. Grâce au théâtre, à la scène, j'ai pu devenir un autre, faire le choix d'être quelqu'un de plus fort, de plus courageux, et toujours, ce costume, j'avais envie de le garder, après la scène, pour me montrer plus sûr de moi que je ne l'étais en réalité.

— Pour tricher, quoi ?

— Pour résister. Pour exister. Pour faire entendre ma voix. Il faut que tu lui dises ce que tu ressens. Personne, à part toi, ne va vivre ta vie à ta place. Vas-y ! Écris-lui une lettre…

— Plus tard peut-être.

— Mon grand, ne laisse jamais passer ta chance, sinon tu le regretteras. On dit qu'elle passe toujours deux fois, mais, crois-en ma vieille expérience, je t'assure, ce n'est pas vrai.

— Moi, je pense que c'est jamais trop tard pour dire les choses !

— Malheureusement, si.

— Elle s'appelait comment l'actrice que t'as jamais revue parce que tu n'avais plus de voix ?

— Romy.

— Elle devait être belle ! Normalement, toutes les Romy sont belles. Sauf une dans ma classe, ses parents, ils doivent avoir besoin de lunettes.

— Je crois que les lunetiers sont débordés de nos jours…

Arthur fixe l'horizon bleu et infini devant lui, avant de poursuivre :

— C'était la plus belle et elle m'aimait bien, je crois, mais j'étais trop jeune pour savoir quoi dire, quoi faire, à l'époque… D'autres ont été plus téméraires. Et quand ta grand-mère est partie, c'était trop tard, elle était morte des années auparavant. Il n'y a pas toujours de deuxième chance, Louis.

Arthur pose mécaniquement ses yeux sur la petite mouette au loin. Dans la pièce de Tchekhov, *La Mouette*, elle y interprétait le rôle de Nina. C'était la première fois qu'ils s'étaient vus. Lui était si jeune.

Le garçon reste songeur un instant, puis poursuit :

— Je peux te poser une question ?

— Bien sûr, mon petit. D'ailleurs, je t'ai déjà refusé quelque chose ?

— Écrire une lettre, c'est pas trop mon truc, mais est-ce que le théâtre peut m'aider à déclarer ma flamme ?

— Mais le théâtre ne sert qu'à ça, Louis ! Viens, je vais te présenter LE maître des déclarations d'amour.

17

Chaque jour, le même rituel. Lové comme un animal, le jeune garçon s'assoit aux pieds de son grand-père et l'observe d'en bas. Impressionné et admiratif. Le disciple aimerait être comme lui. Il adore ces moments où il lui apprend tout. Là, vraiment, il se sent important. Pas encore un acteur, mais quelqu'un. Et, ça, c'est nouveau pour Louis.

Installés sur le parquet du grenier, en costume et le texte en main, Arthur et Louis débutent une nouvelle leçon de théâtre.

— Il est temps pour toi de rencontrer Cyrano, dit Arthur avec emphase. Un des amoureux les plus convaincants du théâtre. La voix. La confiance. Tout doit être en place, assuré. Vas-y ! Montre-moi.

Louis découvre sa réplique :

— « C'est un roc !... c'est un pic !... c'est un cap !... / Que dis-je, c'est un cap ?... C'est une péninsule ! » C'est quoi d'abord, une péninsule ?

— Heu, un grand machin de terre qui...

— OK.

— Reprends, mon grand…

— « C'est un roc !… c'est un pic !… c'est un cap !… » Mais c'est quoi, un cap ?

— Bah, c'est une petite péninsule.

— Ah, d'accord !

Le jeune garçon bafouille l'intégralité de son passage sans plus s'interrompre, sous le regard d'Arthur qui se retient d'intervenir.

— Bon… Que tu lises le texte ou que tu le connaisses par cœur, ce qui compte, c'est d'y mettre la bonne intonation. Je vais te raconter qui est Cyrano, son histoire, ses failles et son amour aussi pour Roxane. Si tu ne comprends pas les motivations du personnage, tu ne pourras jamais l'interpréter correctement.

Le jeune garçon écoute attentivement le grand-père lui expliquer patiemment chaque réplique, chaque image, le sens des mots, la beauté du texte. L'enfant pose quelques questions subsidiaires et reprend, hésitant. Arthur l'arrête aussitôt :

— Non, Louis ! Tu n'as pas le droit de faire ce que tu fais là.

— J'comprends pas ?

— Tu entres à la fin de la scène 4, les autres acteurs parlent de toi depuis le début, ils s'invectivent à ton propos, leurs voix sont là-haut, explique Arthur sur un ton professoral en étirant son bras jusqu'au plafond. Si tu entres sur la pointe des pieds, avec ta voix fluette qui s'excuse, ce n'est pas la peine de monter sur les planches. Tu es le personnage le plus important, le plus sûr de lui. Lâche-toi, Louis. Plus fort, on ne t'entend pas, et là on ne doit entendre que toi !

— Me gronde pas… marmonne Louis.

— Je ne te dispute pas, je t'apprends. On va prendre une scène moins démonstrative, la scène des adieux. Cyrano va mourir et il déclare enfin sa flamme à Roxane. Le principal, c'est de comprendre ce que tu dis. D'in-ter-pré-ter. Laisse-toi envahir par ton personnage, par ses émotions.

— Mais si je fais ça, j'vais pas pouvoir me retenir de pleurer ?

— Et alors ?

— Eh bien, j'suis pas une poule mouillée.

Soupir.

— Au théâtre, tu as le droit de pleurer, je dirais même plus, tu en as le devoir. Montre tes failles. Sers-toi de tes souvenirs, de tes sentiments, de tes doutes, si tu en as quelques-uns, pour être meilleur.

— C'est comme ça que tu es devenu bon ? bafouille le jeune garçon.

— Entre autres, oui. Il faut que tu utilises ton corps, que tu vives et ressentes le texte. Et puis, quand tu as fini une scène et que tu n'arrives pas à retenir tes larmes, tu peux toujours dire que tu dois aller au petit coin… Allez, on reprend, garde le texte sous les yeux, et mets le ton, s'il te plaît.

Louis s'éclaircit la gorge et, d'une voix déjà trop aiguë, commence sa lecture maladroitement :

« Roxane, adieu, je vais mourir !... »

Le garçon sent sa gorge se serrer et poursuit :

— « C'est pour ce soir, je crois, ma bien-aimée ! / J'ai l'âme lourde encor d'amour inexprimée, / Et je meurs ! (...) »

Le jeune acteur renifle et reprend :

— « ... jamais plus, jamais mes yeux grisés, / Mes regards dont c'était les frémissantes fêtes, / Ne baiseront au vol les gestes que vous faites. / J'en revois un petit qui vous est familier / Pour toucher votre front, et je voudrais crier... (...) / Adieu !... (...) Mon amour !... / Mon cœur ne vous quitta jamais une seconde, / Et je suis et serai... »

Louis commence à paniquer, il se perd dans les mots. La langue, le rythme, la musique de la phrase sont trop difficiles pour lui. Arthur lui souffle :

— « ... jusque dans l'autre monde, / Celui qui vous aima sans mesure, celui... »

Le jeune garçon s'arrête net.

— J'y arriverai jamais... ça m'énerve ! s'agace-t-il avant de jeter les feuilles par terre. J'suis nul...

— Ne sois pas impatient, Louis, ça va venir… C'est la première fois, c'est normal de tâtonner quand on découvre un texte. Et puis, je vais te dire un secret : au théâtre, on s'en fiche de la perfection ou de la performance. Ce qui compte, c'est l'interprétation, et là, la tienne était juste. Dans l'émotion, dans la retenue, avec ton grain resserré, ton souffle court… Tu as même compris qu'il fallait baisser la voix, l'affaiblir, parce que Cyrano est blessé et qu'il perd des forces à chaque mot qu'il prononce. Alors, je ne veux plus jamais t'entendre dire que tu es nul, Louis. Compris ? Allez, respire et continue tranquillement, je le fais en même temps que toi pour te donner le rythme et l'intensité.

Le grand-père poursuit la fin de la tirade, sans avoir besoin de jeter un œil au texte. Le jeune garçon l'accompagne d'un timide écho :

— « … Mais je m'en vais, pardon, je ne peux faire attendre : / Vous voyez, le rayon de lune vient me prendre ! / (…) Oui, vous m'arrachez tout, le laurier et la rose ! / Arrachez ! Il y a malgré vous quelque chose / Que j'emporte, et ce soir, quand j'entrerai chez Dieu, / Mon salut balaiera largement le seuil bleu, / Quelque chose que sans un pli, sans une tache, / J'emporte malgré vous / et c'est… c'est, c'est, renifle le jeune garçon, mon panaaaaach'… »

Aussitôt, Louis s'enfuit, la tête basse, et dévale les marches de l'escalier quatre à quatre. Son grand-père l'interpelle :

— Malheureux, on ne se croise pas en coulisses ! Ça porte malheur ! Où vas-tu ?

Et de loin, les trémolos dans la voix :

— Au p'tit coin…

18

Lorsque le jeune garçon revient, ses yeux sont humides. Son grand-père a enlevé son chapeau en feutre et remisé sa cape. Pour une première leçon, c'était peut-être trop fort en émotion.

— Ça va mieux, mon grand ? demande-t-il.

— Pas vraiment… Tu sais ce qui me tracasse pour de vrai ? À l'école, parfois, on doit apprendre des poésies, c'est jamais plus de dix lignes et, déjà, j'suis nul, enfin… j'y arrive pas. Alors comment je vais faire le jour où j'aurai plus le texte pour tricher ? Même toi, avec ta mémoire à cache-cache, tu es meilleur que moi ! Comment t'as fait pour retenir tous tes rôles ?

Arthur pose une main sur l'épaule de son petit-fils. Il sait mieux que personne la difficulté que cela a représenté pour lui de mémoriser ses textes.

— Oh, tu sais, j'ai toujours eu une mémoire stupide. Certains apprennent vite, lisent et retiennent intelligemment, moi, je besogne des mois, je deviens irritable, je tâtonne, j'ai besoin que mes partenaires me donnent la réplique et, là, ça rentre pour toujours, ou presque. Sauf que parfois, au cinéma, j'entrais sur le plateau et le metteur en scène avait tout réécrit pendant la nuit, j'avais quatre pages à réapprendre pour le jour même. L'angoisse. Mes partenaires de 90 ans à la Comédie-Française, tu leur donnais quatre pages et, une demi-heure plus tard, ils les connaissaient par cœur. Pas moi, même jeune. Ça a toujours représenté énormément de travail et une véritable angoisse. Ma mémoire est paresseuse, encrassée et traître : aujourd'hui, elle ne me laisse que les souvenirs dont j'aimerais mieux me défaire, et de longues tirades, devenues inutiles. Si j'avais pu choisir, ce ne sont pas ces souvenirs-là que j'aurais gardés. J'en oublie beaucoup, tu sais. Mais il y en a que je préfèrerais effacer et, comme par hasard, ceux-là restent.

— Allez, on reprend, dit le garçon en rendant le chapeau à son grand-père.

— Tu n'es pas obligé, Louis. C'est déjà beaucoup pour une première journée.

— Si tu y es arrivé, je vais y arriver aussi. Pas vrai, Papy ?

— Exactement, vas-y tranquillement, sois à l'écoute de tes émotions, n'aie pas peur de les laisser venir, au contraire, laisse-toi transpercer par elles.

— Mais, si je pleure encore sans le vouloir, j'arriverai jamais à reprendre le contrôle après…

— Ne te mets pas cette pression. Dis-toi que, sur scène, on te pardonnera tes excès, mais on te reprochera tes tiédeurs. Il faut que tu sois en empathie avec ton personnage : quand on l'insulte, c'est toi qu'on insulte. Protège-toi avec le costume. Ainsi, une fois la perruque et les chaussures enlevées, tu pourras faire la part des choses, et tu laisseras tes doutes et tes démons au vestiaire.

— Toi aussi, tu as laissé tes démons au vestiaire ?

Arthur inspire profondément :

— Pas vraiment… Tu sais, Louis, douter, se remettre en question, c'est normal, c'est sain. On te brosse facilement dans le sens du poil quand tu es en haut de l'affiche, mais les gens du milieu sont avares de compliments sincères. Ils sont rares, ceux qui te disent la vérité. Il faudra que tu la ressentes dans tes tripes. Pour apprendre et progresser, c'est nécessaire de se remettre en question. Mais attention, donc, à l'excès de doutes. Tu peux être ton pire juge à condition que tu sois aussi ton meilleur ami : si tu mets le doigt sur une chose que tu veux améliorer dans ton jeu, il faut également que tu te complimentes sur une chose que tu fais vraiment bien, particulièrement mieux que les autres.

Très concentré, Louis ne perd pas une miette de tous ces conseils. Cela lui semble loin et prématuré, mais, il le sait, un jour il aura besoin de s'en souvenir.

— Qu'est-ce que toi, Papy, tu faisais de mieux que les autres ?

Un instant, Arthur ferme les yeux. Creuser, chercher dans ses souvenirs, raviver sa vie d'avant, le chamboule.

— Je crois que c'était la justesse, surtout sur certains rôles dramatiques que l'on m'a proposés. Je devais avoir la tête de l'emploi… J'ai rapidement compris qu'il fallait que j'utilise mes propres démons, mes doutes, mes failles, pour atteindre une forme de vérité. De toute façon, je n'ai pas eu tellement le choix : soit j'en faisais quelque chose, soit ils restaient là, entre le personnage et moi. En vérité, je suis certain que je n'aurais jamais été aussi bon acteur sans mes démons.

Il sent son cœur se serrer.

— Tu sais, Louis, il y a deux types d'acteurs : ceux qui, dès le départ, ont un ego surdimensionné, et ceux qui règlent leur manque de confiance en eux par le jeu, en empruntant la vie des autres.

Il marque une pause, regarde au loin par la lucarne du grenier et murmure :

— Moi, j'ai toujours fait partie de la seconde catégorie.

19

Depuis ma plus tendre enfance, le cœur de ma mère est une forteresse imprenable. Une vie ne suffirait pas pour en forcer l'entrée.

Avec le médecin, je travaille ma voix, la corrige, l'ajuste, mais ma mère, toujours, me demande de me taire. Les séances se poursuivent, les années passent et, cédant aux injonctions maternelles, j'emmure ma voix dans un linceul de silence.

Par sa faute, ma masculinité ne sait apparaître. La chrysalide ne peut se faire. La mue tarde et les reproches redoublent.

Quand la puberté survient enfin, la perte de ma voix d'enfant est d'abord une blessure : personne ne l'aura jamais vraiment entendue. Elle est mon paradis perdu.

Puis, c'est un cauchemar. La mue et ses dysphonies, ses achoppements audibles, ses dérapages vocaux. Une humiliation sous le regard déçu de ma génitrice. Une voix de fausset, pour un faussaire. Voilée, bitonale. Tous ces mois de labeur qui s'écroulent. Tout recommencer : apprivoiser ces nouveaux graves et stabiliser ma voix naissante de baryton.

Exister par la parole, avec mon timbre si particulier, celui que tous les comédiens m'ont par la suite envié, celui que les metteurs en scène recherchaient et saluaient unanimement.

Jamais, en quarante ans de carrière, ma mère n'aura aimé m'entendre. Jamais elle ne m'aura accordé un compliment, des félicitations ou des applaudissements. Pour elle, aucun de mes efforts n'aura jamais été suffisant.

20

Les semaines passent et, peu à peu, Arthur retrouve la saveur des choses simples. L'enthousiasme de Louis est contagieux. Pour la première fois depuis bien longtemps, le grand-père découvre la pureté des heures matinales, où tout est à réécrire, où tout redevient possible ou presque. Le meilleur, comme le pire. Où il en oublierait qu'il a un compte à rebours au-dessus de la tête, un sablier qui inexorablement s'égrène. Il rêve d'une machine à remonter le temps pour revenir au pays de l'insouciance, quand il ignorait encore qu'un jour il ne saurait plus.

— Debout, Moussaillon. Il paraît que l'avenir appartient à ceux qui se lèvent tôt. Allez, viens prendre ton petit-déjeuner.

Arthur reste assis au bord du lit quelques minutes avant de poser le premier pied par terre. Il faut des heures à son corps pour se dérouiller. Mais il fait comme si sa stabilité n'était pas un sujet, comme si son corps ne tremblait pas à chaque pas, comme si sa tête pouvait encore contrôler quoi que ce soit.

— Louis ?

Le lit est vide. Le grand-père sent ses jambes se dérober. Il fait le tour de la maison, du jardin. Personne. Aucune lumière, aucune trace de son petit-fils.

Il fait un second tour des lieux, son cœur bat la chamade. Il a l'impression d'avoir déjà vécu cette scène. Par sa faute, perdre le garçon, le chercher partout et ne jamais le retrouver. Il en a si peur. Était-ce un cauchemar ? Un souvenir ? Une prémonition ?

Arthur retourne une troisième fois dans le grenier. Emmitouflé sous une couverture qui ressemble fort à un tipi d'Indiens, Louis est assis en tailleur, dans l'obscurité, absorbé par l'album de photos qu'il a sur les genoux. Le grand-père soupire de soulagement et s'installe à ses côtés, faisant craquer ses genoux au passage :

— Je t'ai cherché partout, Louis, tu m'as fait une de ces peurs ! Il faut que tu arrêtes de disparaître comme ça toutes les deux minutes. Ça me fait un coup au cœur à chaque fois. Il est fragile, le mien, tu sais.

Imperturbable, le jeune garçon tourne les pages.

— C'est qui, ces gens ?

— Là, c'est moi, avec une jeune fille. Dans un bal populaire.

Louis fait une moue sceptique. Il ne peut concevoir que son grand-père ait eu une jeunesse, qu'il ait dansé la valse, et plutôt habilement d'après la photo. Il ne l'a jamais senti très à l'aise avec son long corps charpenté. Se lever de sa serviette de plage est le mouvement le plus audacieux qu'il lui connaisse.

— Papy, raconte-moi le plus beau jour de ta vie…

Surpris par la question, le grand-père écarquille les yeux.

— Tu me prends au dépourvu, je n'ai jamais fait de classement. Je crois que ça serait la naissance de ta maman. Pas pour le moment en lui-même, mais parce que ça a chamboulé toute ma vie ensuite.

— Ah… répond le garçon, déçu. Je pensais que j'allais être dedans. Quand je t'avais donné le papillon, par exemple…

Arthur explose de rire, puis ébouriffe les cheveux de son petit-fils.

— Mais bien sûr que tu es dedans, mon petit. Sans Nina, pas de Louis. Et toi, quel est le plus beau moment de ta courte existence ?

— Moi, mon meilleur jour de ma vie ? Il est pas encore venu…

Le grand-père sourit. La philosophie des enfants l'étonnera toujours. Le jeune garçon continue de tourner les pages de l'album.

— Et eux ? C'est qui sur la photo ?

— Je ne sais plus trop…

— C'est vrai, ce mensonge ? Je croyais que tu étais bon acteur…

Arthur soupire :

— C'est ma mère et mon frère, dit le grand-père en se relevant avec peine. Oh, le sol est de plus en plus bas… Ce n'est plus de mon âge de m'asseoir par terre.

— Elle a pas l'air commode…

— Ma mère a été usée par les tracas de la vie et par les enfants aussi. Je ne l'ai vue presque adoucie qu'à la toute fin, quand elle était malade…

21

« Oh, tu es là. J'étais certaine que tu viendrais, mon fils. »

Ma mère allait mourir, je le savais, elle était à l'hôpital Saint-Louis, c'était juste avant le début de son agonie. Elle m'a regardé tendrement et elle m'a parlé d'une voix douce et calme, apaisée, aussi. Elle m'a raconté des détails de sa vie que j'ignorais, des moments de son enfance, quelques souvenirs heureux. Puis, elle m'a regardé de ses yeux humides et a murmuré combien j'avais compté pour elle, malgré tout. À la fin, de sa voix presque éteinte, elle a ajouté : « Merci… »

J'aurais aimé que ce soit son dernier mot. J'aurais tout donné pour que ce le soit, mais elle a ajouté : « … Oscar. » *Mon frère.*

22

Au fond du jardin, les tiges des pommes de terre sont fanées. L'été touche à sa fin : chaud, un peu humide aussi.

— Viens, Louis, on va ramasser les patates du potager, annonce Arthur en saisissant son panier. Je crois que c'est le bon moment.

Le garçon explose alors de rire :

— C'est marrant, ton panier, on dirait celui du Petit Chaperon rouge !

Arthur se retourne et fronce ses sourcils gris.

— Il est tout ce qu'il y a de plus classique, rétorque-t-il, un brin vexé.

Ses bottes aux pieds et sa fourche en main, le grand-père est prêt. Avec force, il appuie de sa jambe sur son outil et retourne la terre. Les premiers trésors apparaissent.

— Tu vois, à cette période de l'année, c'est parfait.

— Elles sont énormes ! s'extasie Louis.

— On va se régaler. Ça te dit, une purée ?

— J'adore ! Avec plein de beurre, alors !

Louis se jette entre les pattes d'Arthur et attrape chaque tubercule doré qu'il aperçoit. Le panier se remplit vite. À eux deux, ils forment une bonne équipe : la force et l'acuité.

— Oh, regarde, Papy, il y a un champignon à côté des patates. On le prend ? Tu crois qu'on pourrait le rajouter dans notre purée ?

— Celui-ci ne se mange pas. C'est une helvelle. Tu sais qu'à mon époque on la vendait sur les marchés, mais on s'est rendu compte qu'elle était toxique.

— Les gens mouraient ?

— Oui, ou ne finissaient pas très bien. Tu connais d'autres champignons ?

— Oui, les blancs, là, en boîte…

Arthur sourit. Auparavant, les leçons de choses s'enseignaient à l'école. Mais les champignons, c'est son grand-père qui lui avait appris à les reconnaître.

— Tu reviendras ici quand ce sera la saison, on ira en chercher ensemble. Tu verras, il y en a plein dans les environs : des chanterelles, des girolles, des bolets, des cèpes, des pieds-de-mouton, des trompettes-de-la-mort.

Tous deux restent mutiques un instant. Arthur pense à l'automne, qui lui semble loin, incertain. Il s'accroche à la chaleur de ce petit corps à ses côtés, à l'écho de son rire, à ses silences, aussi.

Faire taire ses angoisses qui remontent à la surface.

Louis reprend.

— C'est laquelle, ta saison préférée ?

— C'est drôle : je pensais exactement à te poser la même question, Louis. Beaucoup répondent le printemps ou l'été, moi, je dirais l'automne, je crois, et la toute fin de l'été pour le spectacle époustouflant qu'offre la nature…

— Hein ? J'suis pas du tout d'accord. Personne n'aime l'automne : il pleut, il fait froid, le soleil est plus fatigué que nous à faire que des grasses mat', quand il joue pas à cache-cache. T'es un peu bizarre, Papy, des fois…

— J'aime l'automne parce que tout devient bonus. Les jours raccourcissent, mais il y a une urgence à profiter du moindre rayon, de la première éclaircie. Et puis, j'adore les couleurs, le feuillage arc-en-ciel des arbres. On dirait un tableau de maître. L'été, ils sont tous verts, c'est sans surprise, mais, dès septembre, c'est une explosion de couleurs, des nuances plus merveilleuses les unes que les autres : entre deux feuillages verts, un jaune ; un arbre rouge qui irradie, incendie, embrase à lui seul une forêt entière, les mille teintes d'orange qui redonnent à chaque regard un nouvel intérêt. En automne, la nature récompense les patients, les observateurs, les optimistes, ceux qui décèlent le beau là où d'autres ne prennent pas le temps de le voir. Rien n'égale la beauté du vent qui emporte les feuilles mortes…

— Oui, c'est beau, mais il y a du marron, aussi, et ça, c'est moche. Et puis, le sol est glissant, la pluie fait exprès de tomber dans ton cou… Moi, je préfère l'été, au moins, on peut se baigner !

— Je comprends, Louis.

— Et tu préfères la nuit ou le jour, vu que tu dors pas beaucoup ?

— T'en as encore beaucoup des questions ?

— Plein !

— Quel veinard, je fais ! Alors, je dirais que j'ai besoin de la lumière du jour. Pas d'une lumière haute, directe, forte, froide, mais douce, qui ne monte pas trop haut dans le ciel, un peu timide. Comme en automne. On ne sait pas si le soleil sera là, et quand il vient, c'est une fête, un peu comme quand toi tu viens me rendre visite.

— C'est marrant, j'aurais parié que tu étais du soir… Vu que tu n'es ni du matin, ni du midi…

— La lune, je la laisse aux marées, elles en ont plus besoin que moi.

Louis prend une nouvelle inspiration, pour faire place à ses prochaines idées, à ses multiples questions, puis se ravise et les réorganise.

— Les pieds de cochon, ça se mange comme champignon ?

— Les pieds-de-mouton ! corrige le grand-père. Il faut vraiment que je t'emmène. Si on a de la chance, avec la pluie des derniers jours, on trouvera peut-être les premiers cèpes. J'ai mon coin et, si tu es sage, je te le montrerai, mais il faudra que tu ne le révèles à personne.

— Et « les trompettes et la mort », c'est vé-nineux ? poursuit Louis.

— Malgré son nom, ce champignon est comestible !

Le garçon soupire.

— La maîtresse a raison, je comprendrai jamais rien à la logique.

Louis réfléchit encore un instant, se mord la lèvre, puis se lance :

— Dis, Papy, tu crois que, quand la mort arrive, elle prévient avec une petite musique de trompette ?

— Je ne sais pas, mon grand…

— Tu me diras ?

23

Ma mère, sur son lit de mort. La lucidité revient et la dureté dans le regard aussi. « Pourquoi es-tu venu, Arthur ? »

Je lui prends la main et m'apprête à lui répondre.

Je ne pouvais pas la laisser seule, je me devais d'être là, à ses côtés, pour l'accompagner, l'aider dans ses tout derniers instants.

Je comprends soudain la véritable signification de ses mots : « Pourquoi es-tu venu dans ma vie ? Je ne voulais pas de deuxième enfant. »

« Tu as tout gâché, poursuit-elle avant de murmurer de sa voix faible : On ne s'est jamais aimés, tous les deux, nous le savons bien. »

Je reste silencieux. Que peut-on répondre à cela ? Tout enfant a besoin de l'amour de sa mère, quel que soit son âge.

Une voix n'a pas besoin de force ou de puissance pour blesser à mort. Bien choisi, le mot seul suffit.

24

Louis a pris goût à la pêche et, même si aucun poisson ne lui a encore fait le plaisir de mordre à l'hameçon, il insiste chaque semaine auprès de son grand-père pour y retourner. Arthur accepte, espérant bien effacer le retour chaotique de la première fois.

Sous la lumière chaude de cette fin de journée d'été, Arthur et Louis ont l'air de petits bonshommes figés par le temps. Assis sur le ponton, l'un à côté de l'autre, ils ont enlevé leurs chaussures, leurs pieds nus se balancent au-dessus de l'eau. La surface du lac miroite au soleil, elle paillette comme des éclats de joie. On n'a pas envie de déranger ce bout d'éternité avec le moindre ricochet.

Au milieu de cette nature qui les a adoptés pour toujours, rien n'existe en dehors d'eux. Ou alors il faudrait mentionner chaque têtard qui nage, chaque libellule qui vole, chaque feuille d'arbre qui se laisse emporter au souffle du vent.

Soudain, Louis sent le fil de sa canne à pêche se tendre. Surpris, il manque de tomber à l'eau.

— Papy ! Papy ! Je crois que ça mord !!!!

— Oh oui, Moussaillon ! Tu as raison. Pas de mouvement brusque surtout. Je vais t'aider.

Arthur se lève et vient poser ses mains sur celles de Louis pour faire remonter la prise. De l'autre côté, le poisson résiste.

— Je pense qu'il fait la taille d'un requin ! Il est géant !

Louis est surexcité. Avec l'aide de son grand-père, il remonte enfin le poisson hors de l'eau.

— Un peu moins gros qu'un requin, mais c'est tout de même un beau poisson ! C'est un sandre, le félicite Arthur.

Louis est rouge de fierté. Il a attrapé son premier poisson. Il n'en revient pas.

— Quand je vais raconter ça à Maman ce soir, elle ne va pas en croire ses oreilles ! se réjouit-il en sautillant d'un pied sur l'autre autour du poisson qui frétille dans son seau.

Puis tout redevient calme. La tranquillité de la nature reprend ses droits. Le garçon espère bien un second succès. Il patiente, mais rien ne vient. Tout à coup, Arthur chuchote :

— Écoute, Louis… Là ! dit-il en essayant de contenir sa voix.

— Quoi ? Quoi ? demande l'enfant en sentant son cœur battre à tout rompre.

— Là, tu entends ?

Le silence s'installe à nouveau…

— … Le bruit du bonheur.

Louis lui lance deux yeux ronds tandis que le grand-père lui passe un bras autour des épaules.

— Souviens-toi toujours de cette journée, Louis. Dans nos existences, on n'en aura pas souvent d'aussi parfaites. Il y aura, parfois, des moments de malheur absolu et il te faudra retrouver la pureté d'un moment magique, unique. Moi, c'est celui-là que je choisis. Inspire profondément et absorbe de tous tes sens : touche, écoute, observe, sens, goûte. Enregistre tes sensations, imprime tout. Quand on savoure un instant, il va se loger dans un endroit particulier de la mémoire. Même s'il semble nous échapper, il reste là, peut-être caché, enfoui, mais toujours accessible. Ça ne marche que pour les souvenirs heureux. C'est bien fait, non ?

Louis sourit et ferme les yeux pour retenir fort ce moment.

— Je suis d'accord. Je crois que c'est celui-là, mon meilleur moment de ma vie, souffle-t-il, le sourire aux lèvres.

— Moi aussi, Louis. Moi aussi…

Ils restent ainsi, seulement bercés par leurs respirations. La lumière décline, il fait un peu plus froid d'un coup. Le garçon rompt le silence.

— On y va ? C'est moi qui montre le chemin aujourd'hui. Je suis certain de retrouver la maison. J'ai fait comme le Petit Poucet : ça peut pas rater, hein, c'est vrai, Papy ?

— Ça dépend, tu as mis des petits cailloux blancs ou de la mie de pain ?

— Du riz.

— Mince ! Sur notre chemin, on risque de ramasser plusieurs oiseaux qui auront fait une fausse route !

— Oui, mais nous, on sera sur la bonne…

25

Pour accompagner la pêche miraculeuse, Arthur enseigne à son petit-fils la recette secrète de la ratatouille, celle qu'il avait lui-même apprise avec son grand-père. Sans toucher à rien, il donne les instructions à son commis : faire suer les oignons, découper les tomates, les aubergines, les courgettes, couvrir, laisser mijoter à feu moyen, vérifier que ça n'attache pas, mélanger, sucrer un tout petit peu et patienter, encore et encore. La leçon de la patience ne s'arrête pas à la canne et se poursuit avec la spatule.

Le grand-père ne bouge pas de sa chaise et regarde le jeune cuisinier en chef hissé sur son marchepied, avec son tablier trop grand, s'évertuer avec précaution, comme si sa vie dépendait de la réussite de cette recette.

Au-dessus de la cocotte, Louis s'abstient de dire que la ratatouille, c'est nul, qu'il n'aime ni les aubergines, ni les courgettes, ni tout ce qui est vert en général. Cela semble faire si plaisir à son grand-père de manger la ratatouille de son enfance qu'il continue de touiller.

Arthur s'endort presque, accoudé à la table de la cuisine, le sourire aux lèvres, à observer son petit-fils qui a pris le relais derrière les fourneaux.

— Dis, Papy, qu'est-ce qu'on fait quand on a mis trop de sel ?

— Comment ?

— Non, c'est bon, j'ai trouvé : j'ai mis plein de poivre.

Le bruit de fond reprend et le berce doucement. La petite voix de Louis ponctue tout ce qu'il fait par des « hein, c'est vrai, Papy ? » auxquels il n'attend même plus de réponse.

— Papy, raconte-moi ton plus beau souvenir de théâtre ?

Arthur s'éclaircit la gorge.

— Oh, il y en a plein. Un mémorable, vraiment, je dirais Avignon. La nuit à la belle étoile, le soleil qui se lève, les martinets au petit matin, les spectateurs avec leur panier garni et leur couverture sur les genoux. C'est magique ! Quand tu verras ça, tu penseras à moi.

— On ira ensemble ?

— Oui, peut-être.

— Demain ?

— Demain, demain… Tu n'as plus que ce mot à la bouche. Il faut voir le passé et l'avenir comme un présent, l'intégrer au présent et vivre avec.

— Humm, j'ai pas compris…

— Tu sais, Louis, plus le temps passe, moins on prévoit. C'est la vie qui décide du programme.

— Ah… Tu veux pas parce que t'as pas ton permis de conduire ?

— Tu plaisantes ! Je l'ai eu du premier coup et j'ai encore tous mes points !

— S'il te plaît, je veux y aller.

— On verra demain. Allez, on mange !

Lorsqu'ils passent à table, le jeune Louis ne sait par quel mets débuter : le poisson qu'il a pêché ou la ratatouille qu'il a préparée. Lorsqu'il goûte cette dernière, c'est la surprise : ça n'a pas du tout le goût des courgettes qu'il déteste, ni l'amertume des aubergines qui d'habitude le dégoûtent. Ensemble, chacun a perdu son goût, et le tout a pris une saveur différente, extraordinaire. La bouche pleine, il déclare, solennel :

En fin de compte, je crois qu'on est ratatouillé par la vie…

Le grand-père lève un œil.

— Écrabouillé ?

— Non, comme je dis, « ra-ta-tou-illé », reprend Louis après avoir englouti sa fourchette. Découpé, mélangé, évaporé, sucré, cramé un peu (ou beaucoup) dans le fond (enfin, ça dépend des gens) et on finit complètement transformé, différent de celui qu'on était avant. Oui, ratatouillé. Et, au final, c'est pas si mal…

— Je n'aurais pas mieux dit, Moussaillon !

Affalé sur sa chaise, rassasié, le jeune garçon continue de s'extasier :

— Avec toutes les arêtes qu'il avait mangées, pas étonnant qu'il soit mort, ce poisson…

— Oui, c'est vrai, je n'y avais jamais pensé comme ça… En tout cas, merci pour ce bon repas, mon grand.

— Tu as vu, hein, c'est moi tout seul qui l'ai attrapé ! C'est mon premier !

— Oui, bravo, Louis ! Tu portes chance.

— Il était méga-gigantesque, en plus !

— Je t'ai déjà raconté l'énorme poisson que j'avais pêché à ton âge ?

— Je crois, oui. Le poisson-chat, celui qui se mange pas ?

— Ah oui, c'était le silure. Pardon. Je te l'ai déjà dit. Tu sais, plus on raconte un souvenir, plus on le transforme. Ça se trouve, mon poisson, il n'était pas plus grand que ma main, mais, pour moi, il était grand comme mon bras.

— C'est pas grave, j'aime bien quand tu me racontes encore, parce qu'à chaque fois il y a tout un tas de petits détails qui changent et, du coup, c'est toujours une nouvelle histoire ! Et la suivante est toujours mieux que la précédente. Donc, je m'en fiche si tu te répètes un peu. Et puis, je crois que c'est obligatoire quand on est grand-parent de radoter.

— Ce n'est pas faux ! s'amuse Arthur. Ce qui m'ennuie quand même, c'est qu'à la fin on ne distingue plus la vérité. Le souvenir est devenu différent de la réalité.

— Et alors ? Moi, ça me va de ne garder que le plus beau des deux…

26

Dans mes cauchemars, je crie et personne ne me voit, ni ne m'entend. Derrière une vitre, je regarde, impuissant, ma famille vivre sans moi. Mon père, ma mère, mon frère, Nina, Louis. Et je m'efface petit à petit.

Quand je me réveille, les trémolos restent coincés dans l'obscurité de ma gorge. Les ombres, elles, se sont dissipées.

27

Depuis son garage ouvert, alors qu'il retape son vélo, Arthur scrute son jardin qui souffre sous un soleil brûlant. Le jardin. Un éternel recommencement. Un combat perdu d'avance. Quelque chose de joyeux et de triste aussi. Le cycle infini des saisons, la mort, puis la vie.

Louis le rejoint, l'air très sérieux.

— J'ai bien réfléchi, commence le jeune garçon, alors que son grand-père ponce la jante rouillée de sa bicyclette antique. Quand tu ne dors pas la nuit et que tu ne fais rien, c'est la vie qui passe aussi, il faut pas gâcher ce temps-là. Tu devrais trouver quelque chose à faire.

Arthur lève les yeux de son ouvrage et fait une moue dubitative.

— Je ne fais pas complètement rien. Je me plains un petit peu, je broie du noir un peu beaucoup, et j'attends passionnément.

— Mais si tu ne dors pas la nuit, Papy, tu ne rêves jamais ?

— Même quand je dors, mon Louis, je ne rêve plus. Je suis trop vieux pour ça. Il faut de l'énergie, de l'envie, de la motivation pour rêver. Il faut être jeune.

Louis secoue la tête.

— J'suis pas d'accord. Maman dit toujours qu'à cause des choses de la vie, on a le temps de rien, mais, toi, tu as plein de temps ! Profite de tes insomnies pour faire des trucs…

— Humm…

— Si ! Pour lire, pour dessiner, pour réfléchir, pour écrire… Comme des p'tits exercices. Maman, elle dit que c'est important de faire chaque jour ses devoirs. Tu veux pas m'écrire des lettres pour plus tard ? Ou je te donne des souvenirs à chercher ? Je te fais une petite liste de choses à trouver, tu les notes et ensuite on compare avec les miens. Par exemple : qui était ton premier ami d'école, à quoi ressemblait ta chambre d'enfant, quel était ton parfum de glace préféré quand tu avais mon âge ? Même si ça, je pense déjà le savoir…

Arthur pose sa bicyclette et réfléchit :

— Tu as raison… Je pourrais reprendre mes pinceaux. Je n'étais pas trop mauvais à l'époque.

— On pourrait essayer ensemble, demain, peut-être ?

Arthur lui sourit :

— Non, Louis ! On va essayer… aujourd'hui ! Je crois que j'ai tout ce qu'il faut quelque part au grenier…

Installés dans le fond du jardin, près du roncier, les deux artistes peintres sont plus appliqués que jamais. Chacun est concentré sur sa toile et ajoute des petites touches de couleur avec dextérité. Louis ne peut s'empêcher de jeter un œil sur son camarade, comme à l'école, lorsqu'il vérifie sur son voisin que sa réponse est la bonne. Devant la réalisation de son grand-père, il ne parvient pas à garder ses pensées pour lui.

— C'est pas très beau ce que tu peins…

— Merci… lâche Arthur, sans un regard pour son petit-fils, absorbé par le fin tracé d'une tige.

— Non, vraiment, berk ! On dirait du Picasso…

Le grand-père déplace son chevalet pour que son petit-fils ne puisse plus commenter et reprend son ouvrage, avant de briser le silence à son tour.

— J'ai compris, Louis, c'est bon. Et je te ferais dire qu'il y en a pas beaucoup qui ont le talent de Picasso.

— Heureusement… rétorque l'enfant, peu sensible au cubisme.

— Qu'est-ce qui ne te va pas dans mon dessin ? J'essayais de reproduire *Les Coquelicots* de Monet…

Louis pose son pinceau et se plante devant la toile d'Arthur :

— Bah, c'est évident ! Où sont les êtres vivants ?

— Tu es gonflé ? Tu m'as interdit de te prendre en modèle ! Et tu en vois beaucoup d'autres autour de moi ?

Le jeune garçon soupire et lève les yeux au ciel.

— Bah oui, là, le cheval dans le nuage, et là, la fourmi entre tes jambes…

— Et toi, si je peux me permettre, poursuit le grand-père intrigué par l'aquarelle de son petit-fils, c'est quoi ? Parce que ça ne ressemble à rien…

— C'est normal. Moi, c'est… abstrait ! rétorque le garçon, avec aplomb, avant de reprendre son pinceau et de signer magistralement en bas de sa réalisation.

— Comme par hasard, quand ça t'arrange…

Louis range ses affaires et laisse son grand-père tout seul.

— Tu vas où, mon grand ?

— Je pars !

— Tu m'abandonnes ?

— Oui. J'ai plus intéressant à faire…

— C'est-à-dire ?

— Je vais prendre mon bain… avec plein de mousse, dit-il avec un clin d'œil. Je veux retenter mon expérience des doigts de grenouille et, cette fois, je parie que je serai plus fripé que toi…

Soigneusement, Arthur peaufine son œuvre champêtre. Lorsque la cloche de l'église voisine sonne 19 heures, il rentre son chevalet et fait chauffer l'eau pour les pâtes. Il se dirige alors vers la salle de bains pour vérifier que Louis n'a besoin de rien.

En pyjama, assis sur un tabouret, les doigts toujours dans l'eau, le garçon a fini par s'endormir. Arthur attrape la plus douce des serviettes, l'emmitoufle comme dans un édredon et le soulève de toutes ses forces, puis le dépose délicatement dans son lit, désormais collé au sien. Une fois qu'il l'a bien bordé de toutes parts, en mode « sushi », il observe le bout rabougri des maigres doigts de l'enfant et dépose un baiser sur le front du perdant. Puis, il file dîner seul et se couche aussitôt.

Lorsque Arthur se réveille, dehors il fait sombre. La main de Louis a attrapé la sienne pendant la nuit. Elle est chaude. Il n'ose pas bouger. Il aime écouter la respiration profonde du garçon, regarder son ventre qui se soulève avec régularité : plus aucune ombre au monde ne pourrait encore l'effrayer après ça.

De sa main libre, il attrape son carnet et se met à griffonner. Des milliers de souvenirs perdus qui l'éloignent de la vie qu'il a eue autrefois. Des centaines d'absences, de trous, de points d'interrogation pour une existence en pointillés. Parler de sa mère aussi, pour enfin exorciser sa douleur.

Écrire au présent, c'est le seul moyen pour lui de le rester.

28

« Mon cher Louis… »

Le stylo glisse de mes doigts. À chaque lettre, j'ai l'impression de me battre et de perdre la guerre. C'est pourtant ici, dans ce carnet, que je dois être tenace.

Je n'aime pas me retourner vers le passé, cela me rend ou sentimental ou agressif, deux faiblesses que je combats, mais j'essaie de suivre tes conseils, Louis. J'essaie de me rappeler, d'utiliser au mieux ce temps imparti, et de noter.

Raconter pour exister encore, pour laisser une trace de mes souvenirs et tout dire à ceux que j'ai aimés.

29

En se levant, Arthur pense qu'il est le premier. Il s'étire lentement, ses épaules sont douloureuses. On n'y voit pas grand-chose, le soleil tarde. Il s'aperçoit soudain que le petit lit au pied du sien est vide. Louis a encore une fois disparu. Le grand-père se raidit, un vertige lui fait perdre l'équilibre. Tous ses membres sont comme engourdis.

— Louis, où es-tu ? crie-t-il de toutes ses forces en quittant précipitamment la chambre.

Il jette un rapide coup d'œil aux différentes pièces de la maison. Rien. Son cœur fait des ricochets dans sa poitrine. Des frissons parcourent son corps fatigué. Un vent froid s'engouffre sous sa chemise. Elle est trempée. Il est dans la rue. Il essaie de courir, mais ses jambes se dérobent à chaque pas. Le trottoir est humide, il a dû pleuvoir. Il s'aperçoit tout à coup qu'il est pieds nus et qu'il fait nuit. Il n'est plus sûr de rien, il n'a pas le temps de s'arrêter, il doit retrouver Louis.

Il sillonne la ville, éclairé seulement par quelques réverbères. Il traverse une route, chancelle et manque de se faire renverser par un camion. Le chauffeur descend aussitôt et l'aide à se relever :

— Monsieur, vous allez bien ? Vous êtes perdu ?

Inquiet, l'homme lui maintient fermement le bras. Arthur époussette son pyjama.

— Heu… Non, pas moi…

— Monsieur, je vais vous aider. Vous ne devriez pas rester tout seul, dehors, comme ça.

Arthur dégage son bras et balbutie, essayant d'expliquer au mieux, malgré sa panique.

— Je… Je cherche un… petit garçon. Si vous le trouvez, ramenez-le ici. Il habite là, dit-il en désignant une maison qui n'est pas la sienne. Je fais le tour du hameau.

— Il est comment ? tente de comprendre le conducteur.

Arthur fouille dans ses poches et en sort un bout de papier. On y voit deux jeunes garçons, bras dessus bras dessous, en noir et blanc.

— C'est une photo récente, Monsieur, vous êtes sûr ?

Arthur est hagard. Il a l'impression de connaître cette scène. Est-ce un souvenir ? Un mauvais rêve ? Son regard fixe un point invisible, terrifié. Il cherchait quelque chose, mais quoi ? Puis, comme une lumière qui s'allume, il repart en courant, laissant son interlocuteur à ses questions.

Il se dirige vers la plage : le garçon est là, assis, face à la mer.

— Louis ! Ça ne va pas la tête, de me faire une frayeur pareille ! Il aurait pu t'arriver n'importe quoi ! Partir comme ça, en pleine nuit ! Je t'ai cherché partout !

— Mais, Papy, c'est toi qui es parti d'un coup ! Moi, je suis resté au point de départ, comme tu m'as appris ! C'était ton idée, c'est toi qui m'as réveillé en pleine nuit pour qu'on vienne tous les deux. T'arrivais pas à dormir…

Arthur regarde tout autour de lui. Ses chaussures sont en effet plantées dans le sable, à côté de la natte sur laquelle Louis est assis. Son pull est enroulé autour du cou de son petit-fils.

Celui-ci perçoit le désarroi de son grand-père.

— On vérifiait que la mer n'était pas fatiguée de faire ses vagues… C'était ton idée, Papy, sanglote-t-il. C'était ton idée…

Arthur le prend dans ses bras et le serre très fort. Il sent sur ses joues sa peine qui coule. Il pensait n'avoir plus peur de rien, plus peur de perdre quoi que ce soit, qui que ce soit. Des années qu'il n'avait plus personne à aimer. Mais, depuis que ce petit bonhomme prend toute la place dans sa vie, il redevient vulnérable et cela l'effraie davantage que n'importe quelle maladie.

Le vent lui sèche les larmes et il embrasse le front du garçon, en le serrant encore plus fort, avant de murmurer :

— Ne me refais jamais ça, Louis. Je fais quoi, moi, sans toi ?

30

Pardonne-moi, Louis. Je ne voulais pas crier. Ce n'était pas ta faute.

Je te le cache, cependant il m'arrive souvent de craquer. Ce qu'il y a de plus dur, c'est la frustration de toutes ces choses que je ne parviens plus à faire, dont je ne réussis plus à me rappeler. Tout cela s'accumule et, d'un coup, ça lâche : je m'en veux, je voudrais me mettre à hurler. Néanmoins, je serre les dents, car personne ne comprendrait. Surtout pas elle. *Ça fait partie de la maladie, mais j'aimerais que ça n'arrive pas. Pardonne-moi d'être devenu comme ça… De me transformer en autre chose que moi.*

Cette maladie est douée pour voler aux hommes ce qu'ils ont de plus précieux. Leur jeunesse, leur amour, leurs espoirs, leurs rêves. Le temps leur confisque bien plus que de simples souvenirs, en définitive. Leur identité aussi.

31

Pendant plusieurs jours, une peur nouvelle transperce son corps. Comme des aiguilles qui s'insinuent sous sa peau, Arthur en perçoit chaque frisson, chaque picotement.

Alors qu'il termine son marché seul, l'intensité devient intolérable. Debout parmi les anonymes qui le dévisagent, il sait que son corps va le trahir. Tel un avertissement poli avant la chute, il sent que ses forces vont le lâcher. Il continue, il ne va tout de même pas s'écrouler devant eux.

Il entre chez lui, étouffe, se dirige vers son jardin pour reprendre un peu d'air et s'appuie, d'une main qui se veut forte, contre le tronc de son chêne vert.

Au moment où il touche terre, Arthur voit s'échapper devant lui ses derniers espoirs, qui s'envolent avec le vent.

L'entracte est déjà passé. Cette fois, quand le rideau tombera, il ne se rouvrira pas.

ACTE III

Vivre est la chose la plus rare.
La plupart des gens se contentent d'exister.

Oscar WILDE

1

Louis l'a trouvé sous les ronces du mûrier sauvage. Inanimé. Sans vie. Personne ne saurait dire si cela a duré une seconde ou une éternité.

À ses pieds, Arthur reprend connaissance. Le jeune garçon porte un peu d'eau jusqu'à sa bouche. Derrière lui, il entend les secours qui arrivent.

Louis a fait ce qui était nécessaire. Appeler à l'aide pour son grand-père. Le trahir, mais le sauver.

Au-dessus d'eux, le ciel est lourd, menaçant, mais il ne pleut pas. Pas encore. On devine toutefois le goût de la pluie sur le bout de la langue. Ce soir, elle a un avant-goût de tristesse. L'été est fini. L'insouciance aussi. Rien ne sera plus jamais comme avant.

2

Derrière le rideau, le public applaudit à tout rompre. Des « bravo ! » parviennent çà et là des quatre coins de la salle. Sous mes pieds, je sens la scène qui tremble, l'enthousiasme des spectateurs est tel qu'il fait vibrer le sol.

J'aime ce moment où les comédiens se rassemblent pour accueillir les salutations qu'ils méritent. L'intensité est palpable, le souffle est encore court de la dernière réplique. On se tient prêt, main dans la main, bien alignés, le regard rivé au sol, en attendant que le rideau se rouvre et que les visages du public apparaissent enfin à la lumière.

La masse sombre pour laquelle on jouait prend soudainement une forme humaine. La galerie d'émotions qui s'offre alors à nous est d'une richesse rare. Certains ont le regard humide de larmes difficilement contenues, d'autres les joues rougies par les éclats de rire partagés. Par-dessus tout, c'est à cet instant que je reçois enfin ce qui m'a tant manqué enfant : de la reconnaissance.

Le rideau va s'ouvrir dans une poignée de secondes. Je vois l'ombre de mon faux nez immense se dessiner sur la scène. Je ferme les yeux. Leurs applaudissements sont la pulsation de mon cœur. Je sais que j'ai bien joué ce soir.

C'était la dernière.

3

Tout est brouillé. Le passé, le présent, les lieux, les gens. Sentir son corps qui vacille, le garçon qui crie, la voisine qui accourt, et percevoir les lumières des premiers secours, qui dansent et dansent encore. C'est beau. Ce spectacle est un ballet dans lequel Arthur a envie de se laisser porter. Chacun connaît sa partition, sa gestuelle, tout est répété, millimétré, contrôlé. Tout, sauf son propre rôle. Qu'attend-on de lui ? Qu'il essaie de se relever, de danser à son tour, qu'il s'accroche ou qu'il parte ? Il ne comprend pas. Il n'a jamais eu cette scène à apprendre, cet acte à jouer. Il aimerait improviser, suivre la chorégraphie, mais il n'est pas danseur, il n'est que comédien. Il ne sait faire que pour de faux, et ce depuis toujours. Ils vont se rendre compte de la supercherie et ils vont partir, le laisser là, sans réplique ni costume.

Tout à coup, plus rien. Plus un bruit. Plus une lumière. Le noir. Le trou. Le vide. Même ses démons, qui jamais ne le quittent, ont fui. Cette fois, il n'y a personne. Il cherche, près de lui, la petite paume chaude dans sa main, celle qui ne le lâchait pas et caressait le bout de ses doigts. Il ne la sent plus. Elle aussi a disparu. De la nuit, il ne reste que le parfum des corps endormis.

4

Je me souviens d'avoir marché sur la pointe des pieds. Je ne voulais pas te réveiller.

Lorsque je suis entré dans la chambre, de dos, les cheveux de ta mère étincelaient au soleil. Une infirmière m'a dit : « Toutes mes félicitations, Monsieur, il est adorable », puis elle est sortie, nous laissant seuls. Avec le silence.

Venir ici n'était peut-être pas une bonne idée.

J'ai rarement su comment me comporter avec Nina. On ne sait pas comment être un bon parent quand on n'a pas eu le bon modèle. On improvise, on échoue, mais toujours on essaie.

Quand elle m'a aperçu, elle a d'abord voulu me demander de partir. Sans doute ta présence nouvelle et fragile l'en a empêchée. Puis, j'ai compris dans son regard que l'étonnement l'emportait sur la colère. Elle était surprise de me voir là. C'était la première fois que j'étais au bon endroit, au bon moment. Pour elle.

J'ai contourné le lit sur lequel Nina était assise. Et je t'ai vu, Louis. Tu n'étais pas plus grand que mon avant-bras.

Il n'est pas une réplique au monde pour exprimer ce que j'ai ressenti à cet instant. Je me souviens qu'il faisait beau, ce jour-là. Une belle journée d'automne.

5

Des flashes apparaissent par intermittence à ce spectacle. Ce ne sont pas ceux des photographes à l'avant-première de son dernier film, mais l'ambulance qui file, la sirène qui crie, les lumières qui clignent, les couloirs qui défilent, puis un brouhaha, persistant. Les bips, les voix des médecins. Il connaît ce qu'il entend, ces répliques, ces diagnostics, mais les mots ne lui reviennent pas. Cette scène, il l'a déjà jouée. Était-ce en vrai ou au cinéma ? Était-il le médecin ou le patient ?

Tout cela n'a pas d'importance. Des fantômes se sont installés à ses côtés. Sa mère et son frère l'attendent. Est-il déjà sur l'autre rive ?

Arthur est entré dans la fourmilière. Autour de lui, des ombres s'affairent : tension, température, hydratation, pansement. Des petites mains qui ne comptent pas leurs heures. Sa notoriété ne le rend pas plus important qu'un autre, mais elles font simplement leur travail. Toutes papillonnent pour un anonyme. Dans la lumière, les fantômes patientent encore.

6

La pente est de plus en plus raide. Le sommet n'est pas si haut, mais le chemin est ardu. Je raccourcis mes pas et tente de garder mon souffle. Le décor autour de moi est époustouflant : sur le plateau rocailleux, le mois de juin n'a pas encore asséché les herbes tendres, ni les prairies en fleurs. Au loin, à perte de vue, la Méditerranée scintille.

Je suis à la poursuite d'un rêve fugace et fragile.

Alexanor… le nom est aussi beau que le dessin de ses ailes. Ça sonne comme un trésor, une promesse qu'on ne peut pas tenir.

Pendant de longues minutes, je le cherche, et soudain, il est là. Quelle beauté ! Je l'observe, mon filet est prêt. Il m'offre un spectacle magnifique, avec son vol si particulier. Je profite, je ne peux faire autrement que de le regarder. Chaque battement d'ailes fait battre mon cœur un peu plus fort.

Il s'éloigne, toujours davantage, toujours plus haut, jusqu'à devenir inaccessible. Je range mon filet, mais mon sourire reste accroché à mon visage. Ce ne sera pas pour cette fois. Un jour, peut-être… En attendant, il est là, protégé dans ma mémoire, vivant. Plus vivant que jamais.

7

À peine arrivé aux urgences, une fois que les premiers examens écartent un risque vital, Arthur est transféré dans une chambre de réveil. Celle-ci est vide de tout : de souvenirs, de compagnon, de vie. Il y a un lit et une large fenêtre, du lino au sol et de la couleur pissenlit aux murs. Il va finir par s'y faire, mais l'odeur acide et les maigres repas, ça, Arthur ne s'y fait pas.

Les infirmiers continuent leur défilé, ils s'inquiètent pour lui. Personne ne semble le reconnaître, tout du moins personne ne commente le fait qu'il soit en chemise d'hôpital, les fesses dénudées avec une tête de déterré. Lui qui s'était attendu à des chuchotements dans les couloirs, des « C'est terrible ! T'as vu ce qu'il est devenu ? », « C'est drôle, je l'ai vu hier à la télé, ils repassaient *Cyrano* », « Il a changé, dis donc ! Comme quoi, la notoriété ne fait pas tout ». Non, on est poli, courtois. Ça le change de *Garde-à-vous*, qui l'avait habitué à l'absence de pudeur et de gants.

Par contre, tous ces visages différents qui s'invitent dans sa chambre, ça l'angoisse. Il ne reconnaît rien ni personne. On lui pose trop de questions, auxquelles il n'a jamais la bonne réponse. Il aimerait rentrer chez lui. Ici, il se sent enfermé.

Chaque fois que l'on frappe à sa porte, il inspire et attend que la vague soit passée pour souffler. Ce n'est jamais eux qu'Arthur espère. Il attend, autant qu'il redoute, la venue de son petit-fils.

Lorsque Louis pénètre pour la première fois dans la chambre, il est choqué par la maigreur et la pâleur de son grand-père. Il croit voir son double spectral. Presque le même. Sans le sourire aux lèvres ni la lumière dans les yeux.

Arthur craint le désespoir de Louis. Le regard de son petit-fils ne ment pas et, quand il le croise, il y décèle une profonde tristesse. Une peine infinie. Le garçon a beau devenir bon acteur, il a un trop grand cœur pour mentir.

Dans la gorge d'Arthur persiste le sentiment d'un immense gâchis, d'une profonde injustice, aussi. Avec Louis, il aurait pu tout rattraper : ses erreurs de père, ses errances de mari, et devenir, enfin, un héros pour quelqu'un.

Il caresse la joue de son petit-fils.

— Excuse-moi, murmure le grand-père.

— De quoi ? s'étonne Louis. C'est plutôt à moi de te demander pardon : j'ai pas tenu ma parole, Papy… J'ai appelé à l'aide.

— Excuse-moi… d'être devenu comme ça.

Louis sent la foudre s'abattre sur son cœur. Il préférerait ne pas comprendre, se mentir encore un peu, se persuader que tout redeviendra comme avant. Mais c'est trop tard.

— Tu n'as pas à t'excuser, Papy. C'est pas de ta faute si tu oublies. Promets-moi de ne plus jamais t'excuser.

L'enfant se loge contre la poitrine de son grand-père et y reste longtemps. Il voudrait lui transférer un peu de vie, de jeunesse, d'énergie.

— Promis, murmure Arthur.

Le temps est suspendu. Louis ne quitte pas le chevet de son grand-père. Posté à ses pieds, il le regarde avec admiration et piaille avec entrain.

« *Tout ça va pas durer, bientôt tu vas rentrer, et on ira pêcher, parce que, n'oublie pas, tu as ton gros poisson à attraper !* »

Arthur sourit, mais il n'est pas dupe. Chez l'enfant, une chose a changé. Désormais, il joue la comédie.

8

Dans la vie, j'ai beaucoup joué, et j'ai souvent perdu. De toute façon, vieillir, c'est accepter de perdre. De perdre, chaque jour, quelque chose de beau.

D'abord l'enfance, puis une certaine jeunesse, et ensuite des amitiés, des amours, des parents. Toutes ces choses qui ne reviennent pas et qui vont nous manquer longtemps. La vie est comme ça, elle nous rattrape toujours.

Aujourd'hui, j'ai perdu quelque chose de précieux, quelque chose de joli : j'ai perdu ton sourire, Louis, et ton innocence aussi.

9

Les minutes s'égrènent avec paresse. Un plateau-repas vient d'être déposé sur la table à roulettes, à côté du lit. Louis observe son grand-père grimacer : il n'y a que la petite compote qui trouve grâce à ses yeux. Elle n'est pourtant pas au chocolat.

Tout à coup, un pas sec et rapide claque dans le couloir. Arthur sent son cœur s'arrêter. Il savait qu'elle viendrait. Louis ne pouvait pas rester seul avec lui.

Derrière le jeune garçon, Nina surgit. Arthur ne l'a pas vue depuis si longtemps qu'il n'est d'abord pas certain que ce soit elle.

— Tu m'as dit : « *Confie-le-moi, tu ne le regretteras pas.* »

Sa voix. Il la reconnaîtrait entre mille, toujours dure, en colère, pleine de reproches. Arthur ferme les yeux.

— Je ne peux toujours pas te faire confiance, Papa ! Tu ne changeras jamais ! Toujours à mentir, tu aurais dû me dire que tu étais malade !

Arthur reste immobile quelques secondes encore. Il sait que la situation est grave, loin des retrouvailles rêvées, mais une chose le réconforte : dans la voix de sa fille, sa froideur habituelle a laissé place à l'inquiétude.

Quand il la regarde enfin, Nina est en larmes, son corps tremble de tout son long. Elle a d'abord eu peur pour son fils, avant de comprendre que c'était son père qu'elle avait failli perdre, et toutes les émotions enfouies depuis des années étaient alors remontées d'un coup.

Son père est sa déchirure. Depuis sa plus tendre enfance, elle s'est appliquée à le détester et à lui en vouloir, parce que la colère lui paraissait plus simple à supporter. Mais le retrouver ainsi, après tout ce temps, alité sous cette lumière blanche, la bouleverse. Et s'il était parti sans qu'ils aient pu se dire au revoir, sans s'expliquer ou se pardonner ? Cette question est une douleur trop grande pour elle, car elle ne sait si la réponse aurait été un soulagement, mettant un point final à une vie de remords, ou simplement une peine immense.

Quand elle se tourne vers lui, son fils est pétrifié. Il ne sait que faire, là, au milieu d'une querelle d'adultes. Il n'a jamais vu sa mère ainsi. Il voudrait la consoler, consoler son grand-père aussi, mais il ne peut choisir. C'est lui qui aimerait être pris dans les bras, pour avoir le droit de faire sortir tout ce qu'il retient.

La suite se passe trop vite pour lui : ses pensées s'embrouillent, ses bégaiements restent coincés dans sa gorge. Il doit pourtant expliquer, prendre la défense de son grand-père. Un son sort finalement de sa bouche, faible et aigu. Encore une fois, ni lui, ni sa voix ne sont à la hauteur. N'a-t-il donc rien appris cet été ? Il repense à Cyrano. Là, il partage la scène avec sa mère et son grand-père, et il a l'impression d'être un simple figurant. C'est à son tour de parler, mais rien ne vient. Rien ne sort à temps.

— Viens, Louis !

Nina quitte la pièce, sans un regard pour son père. Elle est encore sous le choc : quand on l'a appelée, elle n'a tout d'abord pas compris. Elle a juste entendu le mot « hôpital » et son cœur a fait un bond dans sa poitrine. Elle a cru qu'il était arrivé quelque chose à Louis. Puis, la réalité l'a rattrapée : « accident vasculaire cérébral ». En accourant pour récupérer son fils, elle a appris que son père était suivi depuis des mois. Elle est tombée des nues.

Pas surprise de lui, non, mais terriblement blessée. Inquiète aussi, pour Louis, pour son père. Et déçue. Il ne lui fera donc jamais assez confiance pour lui confier quoi que ce soit, pour lui demander de l'aide, pour lui dire la vérité.

Avant de partir, Louis vient embrasser son grand-père et le serre de toutes ses forces dans ses bras. Il lui attrape ensuite la main, observe le bout de ses doigts, une dernière fois, pendant qu'Arthur le regarde longuement. Quand le reverra-t-il ? Le reverra-t-il seulement ? S'il était à la place de Nina, jamais il ne pardonnerait.

Dans une dernière étreinte, le garçon murmure alors à son oreille :

— Moi, je ne regretterai jamais, Papy.

— Moi non plus, mon petit. Moi non plus…

Lorsque son petit-fils quitte la chambre, Arthur reste seul avec sa peine et ses fantômes. Désormais, tout paraît fragile. Ténu, instable, évaporable au moindre rayon de soleil. Une vie peut basculer en moins de dix minutes. Rien n'est jamais acquis. Rien. Le bonheur et l'amour des siens encore moins que toute chose.

10

On joue le rôle qu'on nous donne, rarement plus. Il faut toujours se battre pour obtenir davantage. On m'a proposé celui de mourant, mais je ne veux pas l'être.

On ne meurt pas d'oubli, mais de l'oubli des autres. Et moi, je sais que quelqu'un m'aime, que quelqu'un m'attend dehors. Je suis ta force, Louis, comme tu es la mienne. Alors, je veux me battre, me battre encore. Pour réparer mes erreurs. Et pour te revoir.

Ce n'est pas l'heure pour moi de tirer ma révérence. Pas de sitôt. La demi-éternité n'a pas encore sonné.

11

Mme Rosinski, la gériatre, entre dans la chambre d'Arthur. Il ne l'a pas entendue frapper. C'est la deuxième fois qu'il la voit. Comme *Garde-à-vous*, elle ne l'a pas regardé dans les yeux de toute la consultation. Arthur ne l'aime pas beaucoup, et il a cru comprendre que le personnel soignant non plus. Mais, si pour sortir d'ici cela doit passer par elle, il va s'y plier.

Le dossier médical dans les mains, elle reste à distance et commence son interrogatoire.

— Vous étiez déjà tombé avant ?

Ne lui a-t-elle pas déjà posé la question ? Ne serait-ce pas un piège pour vérifier si ses réponses restent constantes, pour déceler s'il lui ment ?

Arthur repense à ce qu'il a entendu : « *Quand on commence à tomber, c'est la fin.* » Il n'a pas envie de lui dire qu'elle n'a qu'à regarder son pansement sur la jambe, qu'il change quotidiennement depuis deux mois, pour avoir sa réponse.

— Non, affirme-t-il.

— Vous vous perdez ?

— Je ne crois pas…

Arthur déglutit. Il la fixe avec intensité dans l'espoir qu'elle le regarde enfin dans les yeux, mais elle ne fait que tourner les pages du dossier et tapoter avec son stylo chaque fois qu'elle trouve l'information recherchée. Il est présent, là, devant elle. Elle pourrait s'intéresser davantage à sa personne qu'à ses statistiques.

— Vous vous alimentez correctement ?

Arthur rit nerveusement :

— Si j'avais le droit à des petits plaisirs, je me nourrirais davantage. Ici, on ne peut pas dire que ce soit fameux. Oui, il y a bien la compote, mais ça fait léger sur une journée… Vous n'avez pas du chocolat ? Tout le monde aime le chocolat…

— Vous n'êtes pas au restaurant, Monsieur, mais à l'hôpital. Il faut manger ce qu'on vous prépare. C'est important.

— Oui, mais un petit carré bien noir, ce serait quand même bon pour le moral.

La gériatre ne relève pas et feuillette à nouveau le dossier.

— Excusez-moi, docteur Rosinski, cela fait des mois que je suis suivi pour mes pertes de mémoire, je viens d'avoir mon petit pépin, on m'a fait des examens complémentaires et on ne me dit rien, dit Arthur. Est-ce que j'ai fait un AVC ? Est-ce que ce serait pour cette raison que je suis tombé ?

La gériatre l'observe comme s'il était sénile, naïf ou débile profond. Au même instant, une infirmière pénètre dans la chambre. Derrière elle, un petit invité surprise passe une tête. Louis. Le grand-père sent sa poitrine se serrer : c'est une chance qu'on ne lui prenne pas sa tension maintenant.

Le garçon a l'impression que son grand-père a rétréci. Il fond comme neige au soleil. Comme ses souvenirs, sûrement. Ses joues se creusent, les poches sous ses yeux noircissent.

Pressée d'en finir, la gériatre s'adresse à l'infirmière qui l'accompagne :

— Amandine, Monsieur est-il clinophile ?

« Clino-quoi » ? interroge silencieusement Louis, en se tournant vers son grand-père.

Tout à coup, le regard de l'enfant s'illumine, il crie presque :

— Oui ! Oui, il est cinéphile, Papy ! C'est même un très grand cinéphile de théâtre ! Hein, c'est vrai, Papy ?

La jeune infirmière lui sourit. Amandine ressemble à la dame des glaces, mais avec une blouse blanche. Elle répond d'une voix chaude :

— Non, Monsieur n'est pas clinophile. Il quitte son lit tous les jours. Il s'habille, se lave et mange plutôt bien. Il tient à se raser aussi. C'est sûr que, s'il n'était pas perfusé, ses déplacements seraient plus aisés.

— Oui, mais il a été perfusé pour une bonne raison, Amandine. Non ? Il était agité, à tourner en rond toute la journée dans sa chambre. Il fallait le calmer.

Et la main lourde de générosité, le docteur Rosinski avait chargé l'ordonnance. C'était plus simple ainsi. Mieux pour tout le monde, pensait-elle. Pas pour Arthur, à qui on n'avait pas demandé son avis.

— Et aujourd'hui, ça va mieux, Monsieur, n'est-ce pas ? lui crie-t-elle soudain, comme s'il était sourd. Vous êtes devenu plus sage…

Louis jette un regard horrifié à son grand-père. Il a l'impression qu'elle gronde un enfant. Elle s'adresse à lui comme s'il n'était pas dans la pièce, comme s'il n'était déjà plus là. Parti.

Arthur sourit tendrement au garçon, en essayant de le rassurer. Lui aussi, ça lui a fait ça au début.

Mais pleurer, ce serait montrer qu'il en a encore quelque chose à faire, que ça le touche, que cela lui fait mal, que cela a une quelconque importance. Or, plus rien n'a d'importance désormais. Montrer une faiblesse, une vulnérabilité, cela le ferait presque rire. Même ça, c'est fini. Même sa colère, si longtemps contenue, ne veut plus sortir. Il s'est habitué à ce goût amer dans la gorge. À ce trop-plein qui ne déborde plus.

Alors, quand le médecin repose sa question en articulant lentement, usant de tous ses maxillaires : « *Vous ê-tes plus sa-ge avec les mé-di-ca-ments, plus rai-son-nable, n'est-ce pas, Mon-sieur ?* », le grand-père explose de rire. La gériatre reste interloquée, pas sûre d'avoir obtenu la réponse qu'elle désirait.

Profondément blessé, Louis ne peut contenir ses larmes. Au moins, il ne fait plus semblant et c'est le meilleur des réconforts pour Arthur. Bien mieux que tous les calmants.

12

J'ai choisi de ne pas me laisser abîmer par les autres.

Tant que je peux encore décider de quelque chose, je veux continuer à vivre le cœur un peu moins lourd, plutôt que de mourir le cœur blessé.

J'ai choisi d'oublier les regards qui font mal, toutes ces phrases qui blessent, qui vous rabaissent, qui font de vous un moins que rien.

Oublier ces choses qu'on ne peut plus faire seul. Oublier ce corps qui ne vous appartient plus et qui vous échappe. Oublier le manque de pudeur, oublier les airs condescendants. Oublier que c'est un combat perdu d'avance. Oublier qu'à cette guerre-là on ne peut pas être résistant.

Oublier.

L'oubli est peut-être un allié, finalement.

13

Dans les bras de son grand-père, une fois Amandine et le docteur Rosinski parties, Louis laisse sortir sa colère et sa peine. Il ne supporte pas qu'on s'adresse à son Papy comme s'il était idiot. Il est peut-être malade, mais on lui doit le respect.

À 8 ans, Louis porte en lui la fougue de la jeunesse, la colère des injustices. Son cœur semble avoir été créé pour se gorger de la pureté du monde. La vie ne l'a pas encore usé. Il mènera un combat sans merci pour défendre l'honneur de son grand-père.

— Mon petit, ce n'est pas grave. Calme-toi, dit Arthur en essuyant une larme qui coule sur la joue de son petit-fils.

Louis envie le détachement de son grand-père, mais il lui en veut d'être si indulgent : c'est à se demander si Arthur ne fait pas exprès de ne pas voir, de ne rien dire, de laisser faire.

L'indignation de Louis est réconfortante, bien qu'elle soit peu de chose. C'est une goutte d'eau dans un océan de déshonneur. Arthur est né dans l'indifférence de sa mère, il a choisi de mener une existence où il se cachait derrière des rôles, et il partira désintéressé de tout, de lui-même aussi.

— Ce qui compte, Louis, c'est que tu sois revenu. C'est tout ce qui compte… Je t'assure.

14

La maladie ne fait pas le tri. Elle prend tout. Tout ce qu'elle trouve. Elle absorbe les événements minuscules, comme les plus grands. Et je suis impuissant. Je ne peux rien faire à part la laisser gagner.

Bientôt, les moindres choses du quotidien, faire ma toilette, faire la cuisine, m'habiller, me raser, écrire, parler, vont m'échapper.

Je porte en moi un monstre invisible qui avale tout sur son passage.

Que restera-t-il de moi une fois qu'il aura tout pris ? Que restera-t-il de ma vie ? Que restera-t-il de cet été avec toi, Louis ?

15

Les mots. Les retrouver, ne pas les mélanger.

Arthur a bien écouté quand on lui a dit qu'il n'y aurait pas d'amélioration, que la maladie évoluerait et qu'il aurait de plus en plus de mal. Il s'y est préparé, mais il ne s'y résout pas.

L'orthophoniste est souriante.

— Je vous donne deux noms, citez-moi leur catégorie et ensuite donnez-moi deux autres mots de la même catégorie. « Poireau, céleri ».

— Légumes ? tente-t-il avant de s'arrêter. Qu'est-ce qu'il faut vous dire, déjà ?

Arthur ne sait plus. Son cœur palpite : il a tellement peur d'échouer. Le fait que ce soit un médecin en face de lui le tétanise. Forcément, elle le juge ; forcément, il se met une pression supplémentaire ; et forcément, il panique et oublie davantage.

— Je dois vous en dire deux autres, c'est ça ?

— Oui.

Elle lui sourit et se retient d'ajouter « comme la dernière fois ». En effet, à chaque rendez-vous, elle lui donne les deux mêmes mots, de la même catégorie, en espérant entendre : « Mais c'est toujours pareil ! » Elle lui fait nommer des objets plus banals les uns que les autres. Et Arthur ressort des séances en se sentant plus stupide et fou que jamais. Il n'a pas le souvenir exact du tort causé, de sa souffrance, ni de l'humiliation ressentie, mais tout cela est gravé dans sa peau.

— Petits pois, carottes… tente-t-il.

— C'est bien ! Vous progressez.

Pour une fois, il n'a pas répondu « haricot, petits pois ».

Il baisse les yeux.

— Si vous le dites… Je n'en ai pas l'impression.

Lorsque l'orthophoniste croise son petit-fils dans les couloirs de l'hôpital et mentionne les progrès encourageants de son grand-père, le jeune garçon lui saute au cou.

— Papy, c'est super. Tu vas bientôt sortir ?

Arthur lui sourit malgré la petite voix au fond de lui qui martèle : *Mais qui sort de ça ?*

16

« Légume ».

Ce mot m'agresse. Le fait-elle exprès ? Est-ce que je deviens parano ? Non, elle sourit, elle n'y peut rien. La vie fait de nous des légumes. Bouillis, ramollis, cramés. Ratatouillés aussi. C'est Louis qui avait raison.

Pour les malades du souvenir, il y a un tas de petites morts avant le grand départ. Les premiers noms qu'on écorche, les visages qui s'estompent, les idées qui se dérobent… Avant de partir, le monde vous file entre les doigts.

Seuls les sains d'esprit ont la chance de ne vraiment mourir qu'une fois.

17

Les jours passent. De nouvelles habitudes s'installent. Depuis un mois, Louis rend visite à son grand-père chaque mercredi. Nina le dépose à l'accueil et repart. Elle préfère ne pas monter : qu'aurait-elle à lui dire, de toute façon ? Tout est trop tard.

Lorsqu'il vient, l'infirmière veille sur l'enfant. Entre le comédien et sa fille, Amandine a perçu une distance, un froid. Elle ne s'immiscera pas, elle sera simplement là, si l'un ou l'autre a besoin de parler.

Sur le chemin de l'hôpital, Louis impose à sa mère de faire un détour. Il passe par la maison de son grand-père pour lui rapporter un objet auquel il tient : parfois son eau de Cologne, d'autres fois un album photo ou un livre annoté avec ses vieilles répliques de théâtre. Souvent, avant de repartir, il frappe chez Micheline, qui ajoute à l'attention de son grand-père un gâteau maison ou un bouquet de fleurs de son jardin. Et, toujours, Louis lui apporte des chocolats.

Depuis peu, Arthur quitte enfin sa chambre. Louis le retrouve dans la salle commune. À côté de lui, étrangement alignés, d'autres hommes et femmes en fauteuil roulant semblent attendre le départ de la grande course.

Lorsque le garçon l'embrasse, Arthur ne dit rien. Louis se demande même si son grand-père l'a reconnu. Être patient, lui laisser le temps et surtout lui parler. D'ailleurs, quand Louis n'est pas là, qui lui fait la conversation, qui lui prend la main et lui caresse le bout des doigts ?

Aujourd'hui, la lumière dans ses yeux tarde à revenir. Le jeune garçon l'emmène dehors profiter des rayons du soleil. Ce sont les derniers de l'été indien. Sur leur passage, plusieurs femmes âgées se retournent et leur offrent un large sourire.

— Dis donc, Papy, tu as ton fan club… Tu vas créer une émeute chez les mémés !

Arthur se contente de regarder les nuages dans le ciel, puis demande :

— Tu crois ? Et l'école… ça se passe bien ?

Louis sourit, son grand-père se souvient qu'il vient de faire sa rentrée en CE2.

— Mouais, j'attends déjà nos prochaines vacances avec impatience.

— Si je sors d'ici… et si ta mère accepte, lâche Arthur dans une longue expiration, avant de reprendre d'une voix pâteuse : Je ne sais pas comment tu as fait pour qu'elle t'autorise à venir me voir. J'étais persuadé qu'elle ne me pardonnerait jamais…

— Non, j'pense pas, je crois surtout qu'elle est débordée et… Enfin bref, j'me suis débrouillé… rougit l'enfant.

Il sort un cahier de son cartable. Il a prévu son coup. Il refuse que son grand-père s'emmure dans le silence, que sa bouche devienne paresseuse, qu'elle se mette à mâcher les mots à cause du manque de pratique.

— Dis, Papy, j'ai une poésie à apprendre. Tu m'aides ? Je te préviens, elle est super nulle. À croire qu'ils le font exprès ! En vrai, à quoi ça sert de réciter tous ces machins ? Toi, tu te souviens encore de celles que tu as apprises à l'école ?

Arthur reste un moment silencieux, il cherche dans ses souvenirs.

— Là, il y a un poème qui me vient, mais je ne l'ai pas appris à ton âge. Il s'appelle « L'Ombre ». C'est de Francis Carco, je crois. Je ne me souviens que de bribes. Ça donnait quelque chose comme : « Quand je t'attendais, dans ce bar / La nuit parmi des buveurs ivres (…) / Je te voyais te retourner avant d'entrer. / Tu avais peur. Tu refermais la porte. / Et ton ombre restait dehors : / C'était elle qui te suivait. »

Arthur prend une lente inspiration, Louis reste tout ouïe :

— « Ton ombre est toujours dans la rue / Près du bar où je t'ai si souvent attendue, / Mais tu es morte / Et ton ombre, depuis, est toujours à la porte. »

Louis fronce un peu le nez pour ravaler ses larmes.

— J'ai besoin d'aller au p'tit coin, mais je vais me retenir, les toilettes sont trop loin. Tu pleures pas, toi ? demande le garçon en essuyant ses narines avec la manche de sa chemise.

— Non, je trouve que c'est beau.

— C'est triste surtout…

— Parce que c'est vrai.

— T'as peur ? Je veux dire de…

— Je suis comme Marius : « De mourir, ça ne me fait rien, mais ça me fait de la peine de quitter la vie. »

— C'est qui, Marius ? Un copain d'ici ?

— Non, un épicurien, comme moi. Il rêvait de grand large. Je ne me fais pas d'illusions, on va m'oublier aussi vite que j'ai oublié. Mais ce qui va me manquer, c'est cette joie d'être au monde, ce contentement profond. C'est être avec toi. Être là, présent, à côté de toi, et sentir la chaleur de ta main, le poids de ta tête sur mon épaule, entendre ton rire qui chauffe mon cœur à chaque fois. Ne perds jamais ton rire, tu as le plus beau rire du monde. Promets-moi de rire, même les jours où tu seras triste.

— Promis, Papy.

Le garçon reste silencieux, longtemps, et dit :

— De toute façon, moi, je crois que, à la fin, c'est toujours la vie qui gagne.

18

Lorsque Louis revient la semaine suivante, son grand-père a retrouvé l'appétit et un éclat nouveau dans l'œil aussi. Assis sur le lit, ils regardent tous deux vers la ligne d'horizon. Ils rêvent du jour où Arthur aura le droit de reprendre sa vie d'avant. Enfin… sa vie d'après.

Amandine, l'infirmière, est entrée. Ils ne l'ont pas entendue. Un rayon de soleil illumine ses cheveux. Louis se sent rougir. Il maudirait sa peau trop fine, qui dévoile chacun de ses états d'âme et laisse déborder son hypersensibilité.

— Pourquoi vous avez encore ce fauteuil roulant ? poursuit-elle en désignant de la tête l'engin à quatre roues dans un coin de la chambre. Vous marchez très bien sans, m'a dit le kiné !

— J'y vais, Papy, propose Louis en quittant la chambre. Je vous laisse pour les soins.

Lorsqu'il revient, Amandine a fini de s'occuper d'Arthur. Elle sourit au garçon qu'elle aperçoit dans le couloir, puis s'arrête à sa hauteur.

— Tu sais, on a de bonnes nouvelles pour ton grand-père. Il va bientôt sortir. Tu es content ?

— C'est vrai ?

— Oui, c'est très encourageant. Une fois qu'il sera revenu chez lui, il faudra qu'une infirmière passe le voir régulièrement. J'en connais un certain nombre, et si cela peut vous aider, je peux gérer une partie des soins. Je l'aime beaucoup, ton grand-père, tu sais. C'est quelqu'un de très attachant.

Louis sourit, très fier.

— Merci. Vous êtes trop gentille, Madame !

— Appelle-moi Amandine. Ah, un dernier point important, quand il va sortir, il aura besoin de toi plus que jamais pour que sa maladie n'évolue pas trop vite.

Louis se redresse soudain, très sérieux.

— Pour mon grand-père, je ferai tout ce qui est raisonnable…

Amandine reprend d'une voix posée :

— Continue simplement ce que tu fais déjà : venir le voir régulièrement, lui parler, lui prendre la main. Pour réveiller ses souvenirs, n'oublie pas de solliciter tous ses sens : fais-lui goûter des aliments dont il raffolait autrefois, mets un peu de musique qu'il aimait… Et, surtout, continue de le questionner beaucoup et sur tout. Sur le théâtre, sur sa vie d'avant…

— Ça, vous pouvez compter sur moi !

— Aide-toi de vieilles photos, par exemple. Allez, file retrouver ton grand-père…

Louis se met soudain à paniquer.

— Attendez, et si je m'y prends mal ou qu'il n'y arrive pas, je fais quoi pour l'aider ?

Amandine pose une main sur son épaule.

— Ne t'inquiète pas. S'il oublie, on répète ; s'il se trompe, on reformule. Le secret, on dédramatise, on improvise. Il a l'habitude : le théâtre n'est que répétition et improvisation. Et le tout, avec bienveillance, humour et patience.

— J'comprends pas. J'vais pas me moquer de lui, quand même ?

L'infirmière sourit.

— Non, ce n'est pas ce que j'ai dit. On a le droit de rire, mais *avec* lui, pas de lui. C'est très dur de faire rire, de redonner du courage, et tu le fais très bien. Je vois bien son sourire qui met du temps à s'effacer une fois que tu quittes sa chambre. Pour lui, chaque mercredi est un jour de fête !

— Ah bon ?

Louis reste pensif :

— Alors mon grand-père va vraiment sortir… ?

— Oui, mais cela ne pourra se faire qu'à une seule condition…

Le cœur de Louis s'arrête : c'était trop beau ! Il y avait cru…

— Il faut qu'un adulte de ta famille s'engage à être présent à ses côtés, reprend l'infirmière. Tu crois que ta maman accepterait ?

19

Cela fait des jours que Louis est en embuscade, à patienter, à guetter le bon moment avec sa mère.

Comme une éponge, il ressent tout. Il sait sa mère stressée par le travail et par l'état de son grand-père. Elle a visité des maisons spécialisées, toutes plus luxueuses, coûteuses et déprimantes les unes que les autres. Chaque fois, le personnel a l'air très bien, mais elle ne se résigne pas à imaginer son père, encore jeune, dans ces structures où les pensionnaires sont à un stade très avancé de la maladie.

Nina s'est un peu renseignée sur son père et sur la maladie. Il y a sept stades, ils peuvent se chevaucher et il est difficile de déterminer précisément celui auquel une personne se trouve. Contre toute vraisemblance, depuis sa chute, il est au stade 3, et il n'a pas encore d'oublis à conséquences aggravantes, de sautes d'humeur ou de difficultés à faire des gestes du quotidien. Mais tout cela peut évoluer vite ou alors se maintenir assez longtemps si la personne est bien entourée, accompagnée.

Pourtant, peut-elle le laisser retourner seul chez lui ? Il risque de se perdre, de tomber à nouveau, de mettre le feu à sa maison sans le vouloir. Il faudrait qu'elle chamboule sa vie pour lui, qu'elle l'aide au quotidien et, aujourd'hui, Nina s'y refuse. Où était-il, lui, quand elle avait besoin de lui ? Sur les tournages, à mener une vie faite de paillettes, loin de ses responsabilités de père. C'est à son tour d'être un peu égoïste et orgueilleuse. Il a fait son choix autrefois, elle fera le sien également.

Le soir, alors que Louis observe attentivement le vulcain encadré, récupéré chez son grand-père et qui trône sur son chevet, Nina pénètre dans sa chambre.

— C'est l'heure de se coucher, mon chéri.

— Maman, regarde comme il est beau, le papillon que Papy m'a offert…

— C'est très gentil de sa part.

— C'est un vulcain, dit-il fièrement, une femelle. Tu savais que ça pond des œufs sous les orties, toi ?

Louis grimpe dans son lit, sa mère le borde tendrement, avant de lui déposer un baiser sur le front.

— Fais attention, Louis, tu donnes beaucoup de place à ton grand-père, et ça me fait peur. Il est malade, tu sais, et ça ne va pas évoluer dans le bon sens. Tu devrais prendre un peu tes distances : plus tu vas t'impliquer, plus tu vas souffrir.

— Je m'en fiche, tant que je suis heureux avec lui.

— Il ne va pas rester lui-même, tu ne vas plus le reconnaître et lui aussi aura du mal à se souvenir de qui on est un jour. Il faut s'y préparer et se protéger. À la fin, ça va être plus dur pour toi que pour lui.

— J'ai l'impression que tu me dis que je fais tout ça pour rien, que je devrais rien faire du tout pour pas souffrir. Mais c'est maintenant que ça me fait mal, Maman. On dirait ton excuse quand je te demande un chien : « *Non, on ne prendra pas d'animal, parce que le jour où il va mourir tu seras trop triste* », imite-t-il, d'une voix blessée.

— Ça n'a rien à voir, Louis.

— Mais si… C'est tellement de joie et de bonheur que ça en vaut la peine, même si on sait que, un jour, ça finira. Tu pourras pas toute ma vie m'empêcher d'avoir mal, tu sais.

Nina sourit. Comme toute maman, pourtant, elle essaiera.

— Je veux être avec lui, je veux profiter du temps qu'il nous reste. Il me fait rire, il m'apprend plein de choses, insiste Louis.

— Aujourd'hui, oui…

— Maman, écoute-moi, c'est un Super-Papy, et c'est pas parce qu'il a joué dans des films que je dis ça. Parfois, j'ai l'impression qu'on a le même âge, on se comprend même sans rien se dire, on fait des petites bêtises ensemble…

Nina reste silencieuse. C'est sûr qu'elle n'a pas vécu tout cela. De lui, elle ne connaît que le nom en haut de l'affiche, nom qu'elle ne porte plus, d'ailleurs. Tout cela pour prendre le patronyme d'un mari qui n'a pas mieux tenu ses promesses. Avec son père, elle n'a jamais rien partagé. Un enfant ne demande rien d'autre que d'aimer : c'est sa faute à lui si elle ne parvient plus à ressentir la moindre émotion à son égard, à part des regrets, de la tristesse et de la rancœur.

— Allez, extinction des yeux, mon chéri.

Et sur ses mots qu'il connaît si bien, Louis sent dans son cœur un mince espoir auquel se raccrocher.

20

La maison de son père. Nina a l'impression de pénétrer dans un sanctuaire. Elle s'était toujours refusée à y mettre les pieds. Elle y a déposé son fils de nombreuses fois, s'arrêtant devant la grille du jardin. Elle ne connaît rien d'autre que la façade extérieure, et ce que lui en a décrit Louis.

Depuis des jours, son fils insiste pour qu'elle y entre enfin, pour lui montrer que son grand-père peut revivre ici en toute sécurité. Tout est de plain-pied, même l'accès au jardin se fait par la porte de la cuisine. Il n'y a pas d'escalier, sauf pour se rendre dans le grenier, que l'on peut choisir de condamner. Le garage est assez grand pour stocker les vieilles affaires d'Arthur.

Dans la cuisine, Nina ouvre les tiroirs, tique un peu en voyant les couteaux, elle observe le micro-ondes et les plaques à induction, puis détaille le frigo, où quelques aliments dépérissent en attendant le retour du propriétaire. Si son père revient, il faudra qu'elle glisse ses informations médicales et les numéros d'urgence à contacter à l'intérieur du réfrigérateur. L'hôpital a insisté : les secours ont le réflexe de regarder cet endroit en premier quand ils interviennent pour une personne âgée.

Nina inspecte ensuite la salle de bains. Il y a une cabine de douche spacieuse, sans rebord à enjamber. Quant à la baignoire ancienne, il faudra l'équiper de poignées, si l'envie lui reprenait de prendre des bains.

Les lieux sont bien silencieux. Ils manquent de vie, sans Arthur, sans Louis aussi.

Nina soupire. Cette maison est grande, elle est encombrée de vieux meubles, d'objets, de babioles, accumulés au cours d'une longue vie. Elle remarque avec douleur qu'elle est totalement absente des étagères et des murs de son père. Au fond d'elle, elle avait toujours espéré que des photos de son enfance accompagnaient son quotidien. D'une certaine façon au moins…

Elle détourne le regard, le pose sur la mouette, seul élément de décoration kitch du salon. Il faut qu'elle se ressaisisse, qu'elle garde la tête froide et évalue la situation avec recul et logique : les malades ont besoin de réorganiser leur espace, de simplifier leurs tâches, de limiter les choix quotidiens, qui vont devenir cornéliens. Il faudrait garder le strict minimum. Mais qu'est-ce que le strict minimum d'une vie ?

Dans chaque pièce, elle ouvre les placards, les penderies, les tiroirs. Elle a l'impression d'être un cambrioleur en repérage avant un casse. D'être une intruse avec une mauvaise intention. Pas une proche, pas sa fille.

Dans la chambre, elle ouvre la penderie : la grosse armoire normande déborde de costumes de ville et de scène. Il faudrait faire le tri, alléger, cependant elle ne s'en sent pas la force. Ni le droit. Est-ce vraiment à elle de faire ça ? Est-ce utile ? Est-ce « rentable » ? s'entend-elle penser avec horreur. Combien de temps pourra-t-il rester ici avant d'être contraint de quitter les lieux ? Elle se hait de ressentir de telles émotions.

— Je ne suis pas sûre d'y arriver, Louis, ni même de le vouloir. Notre vie est déjà assez difficile.

Le garçon s'était attendu à ce qu'elle fuie, qu'elle tente de se débiner.

— Maman, quand on est grand, on fait pas toujours ce qu'on veut. On doit être raisonnable. C'est ça, être adulte, je crois.

Nina sourit et lui caresse les cheveux.

— Je ne fuis pas mes responsabilités, Louis. Tout cela, je l'aurais fait pour ta grand-mère sans hésiter. La vie ne nous en a pas laissé l'opportunité. Mais, ton grand-père, tu sais bien que c'est compliqué…

Louis a préparé son argumentaire, sa réplique, sa contre-offensive.

— Je suis d'accord, Maman.

Il connaît son texte par cœur, si elle le laisse plaider. Il déclame. La plume de Rostand n'a plus aucun secret pour lui.

— On pourrait dire de lui bien des choses, en somme. Peut-on se débarrasser de lui ainsi ? Est-ce un déchet, une poubelle, est-ce un rebut de la société ? Que dis-je… un rebut, une honte qu'il faut cacher, emprisonner, enfermer, oublier ?

— Non, bien sûr que non, mon grand, l'interrompt sa mère, surprise par la théâtralité soudaine de leur échange.

Louis la prend par la main et l'emmène devant une porte fermée. Si sa mère a encore le moindre doute, il veut lui montrer qu'après avoir vu l'intérieur, elle saura ce qu'il faut faire.

Il retourne au salon, soulève la petite mouette à côté de la statuette de théâtre, et il décolle la clé. Celle qui ouvre le bureau des secrets.

— Regarde les albums photo. Quelqu'un qui se moque des gens, comme tu le crois, garderait-il tout cela ? Il a aimé Mamie, il me l'a dit ! Regarde cette photo, là, le bébé, c'est toi, dans ses bras, non ? Et puis, il y a autre chose que je dois te montrer… Personne n'a l'autorisation d'entrer dans son bureau sans lui et encore moins de fouiller, mais, heureusement, les interdictions, chez Papy, je les comprends à ma façon…

Sur le grand bureau, où son grand-père remplit ses carnets, est posée une photo de sa mère enfant. À côté, un album entier lui est consacré : à l'intérieur, des photos d'elle qu'Arthur a reçues chaque année pour son anniversaire.

Et, sous le sous-main en cuir que Louis soulève délicatement à l'intention de sa mère, elle découvre des dizaines de feuillets jaunis. Des brouillons de lettres qui commencent tous par « Ma petite Nina chérie ».

Nina s'approche et commence à lire. Ses yeux se voilent avant de pouvoir achever la lecture de la première lettre, celle qu'il lui avait écrite pour ses 8 ans. L'âge de Louis, l'âge auquel elle attendait encore de ses nouvelles.

Elle parcourt les autres pages. Entre ses mains, elle tient tous les brouillons de lettres qu'il lui a écrites et que sa mère ne lui a jamais données. Lettres pour lesquelles Arthur n'a jamais rien eu d'autre en retour qu'un portrait par an. Cependant, de cette douleur de ne pas avoir reçu de réponse de sa fille, Arthur a tenu à en garder la trace, la blessure aussi, la preuve surtout que toutes ces années il a pensé à elle.

Nina ne contient plus ses larmes. Rien n'effacera jamais l'absence d'un père. Néanmoins, pour la première fois de sa vie, elle a la certitude d'avoir compté dans la sienne.

— Je ne sais pas, je ne sais plus... murmure-t-elle, perdue. Peut-être, oui, peut-être que c'est vrai, mais... Est-ce qu'on ne ferait pas tout ça pour rien ?

Louis enrage. Son grand-père décrépit à longueur de journée, et personne ne semble mesurer l'urgence de la situation :

— Maman ! Écoute-moi, s'il te plaît ! Sans ses belles chemises à carreaux, sans sa peau bien rasée qui sent bon, sans ses cheveux bien aplatis avec son joli peigne, Papy ne sera plus tout à fait Papy. On doit l'aider à rentrer chez lui. Pour que Papy reste mon Papy. Pas un vieux monsieur malade qu'on laisse mourir.

Le garçon a joué sa dernière carte. Si elle n'est pas convaincue maintenant, sa mère ne le sera jamais.

— Papy doit reprendre sa vie d'avant. Qu'il s'occupe de son jardin, qu'il aille se balader le long de la mer. Je sais bien que l'argent, c'est pas gratuit...

— Ce n'est pas ça, le problème, Louis.

— Mais, Maman, tu n'auras pas à tout faire : Amandine dit qu'elle peut venir et elle connaît plusieurs infirmières qui pourraient l'aider chez lui...

— Jusqu'à quand...

— Jusqu'à la dernière partie de pêche, Maman. La dernière cueillette de champignons, les dernières mûres du jardin, la dernière glace de son été… On sait pas, Maman. On sait jamais quand ce sera la dernière fois.

21

C'était l'hiver, il faisait très froid. Noël était passé et, encore une fois, la tension avec ma mère était telle que j'étais resté au pensionnat. Nous n'étions pas nombreux, peut-être cinq. Une nuit, j'ai décidé de fuguer, de quitter ce bourg perdu à la campagne pour aller à la mer, chez le seul qui m'aimait. Mon grand-père. Je connaissais le chemin par cœur.

Alors, j'ai ramassé mes affaires, j'ai tout mis dans un sac et je suis descendu dans le garde-manger prendre du pain et du chocolat pour la route. Je suis sorti par la porte de service ; je savais que le cuisinier la laissait toujours ouverte parce que les livraisons avaient parfois lieu très tôt le matin, surtout à cause du boulanger. Je me suis échappé sans un bruit, en refermant délicatement la porte derrière moi.

J'ai trouvé une bicyclette abandonnée et, sans réfléchir, je l'ai enfourchée. Je suis parti en pédalant de toutes mes forces. Je voulais fuir ma vie, fuir l'école. Je courais vers la liberté, vers l'espoir, vers celui qui m'apporterait enfin l'affection dont j'avais tant besoin.

Mais ce vélo n'était pas abandonné sans raison. J'étais en sueur et transi de froid à m'évertuer sur un engin qui n'avançait pas. Au bout d'une poignée de kilomètres, je me suis résigné à faire demi-tour, à reposer la bicyclette et le pain. J'ai gardé le chocolat.

Je me suis remis au lit, comme si de rien n'était. Personne n'en a jamais rien su.

22

Sa maison. Enfin. Retrouver son odeur d'abord. Unique. Un parfum âpre, poussiéreux, mais vivant : la cire qu'il passe régulièrement sur ses vieux meubles, la naphtaline pour préserver ses papillons, la lavande, aussi, qui sort de ses placards. Une odeur familière, pas lointaine de celle de la ferme de son grand-père.

Toucher chaque meuble et, à travers eux, la main de tous ceux qui les ont caressés auparavant. Le menuisier, ses grands-parents, sa femme, lui, sa fille, son petit-fils.

Il s'attendait à trouver sa maison dans la pénombre, les rideaux tirés, telle qu'il l'avait laissée. Mais tout est déjà prêt pour l'accueillir. C'est lumineux, épuré, ordonné, rangé. C'est chez lui, en mieux.

Toute la semaine, Louis et Nina ont trié, simplifié, réagencé, nettoyé pour que sa maison soit la plus accueillante possible. Rien n'a été laissé au hasard, tout a été pensé, réfléchi à deux fois. Il ne manquait plus qu'une chose : lui.

Dans sa chambre à coucher, les draps sentent bon. Une odeur de lavande émane de l'oreiller. Arthur se tourne vers Nina et elle lui sourit. C'est la première fois qu'on lui fait son lit. Il a l'impression d'être un invité dans sa propre demeure, d'être quelqu'un d'important aussi. Pas comme une célébrité, mais comme une personne à qui l'on donne une preuve d'amour.

Dans son bureau, il détaille sa collection avec minutie, notamment les papillons restés sur l'étaloir à sécher. Il remarque un dessin sur lequel est écrit « Alexanor », signé « Le Moussaillon ». Arthur sourit, Louis est donc entré dans son bureau en son absence. Pour la bonne cause.

Le grand-père est heureux de se retrouver chez lui. Dans son jardin, un travail incommensurable l'attend. La pelouse a besoin d'un bon rafraîchissement, les mauvaises herbes se sont invitées et les rosiers méritent d'être taillés. Il se retient d'y remédier immédiatement : sa fille le surveille du coin de l'œil, elle tient à ce qu'il ne fasse pas de « folies », comme elle dit.

Pour Arthur, le retour à la maison se passe sans encombre, sans chute, ni chocs. Il retrouve ses marques.

Les jours passent et il s'habitue à la présence de sa fille qui vient régulièrement s'assurer qu'il va bien, ainsi qu'aux visites quotidiennes d'Amandine qui assure son suivi médical. Micheline est heureuse d'avoir retrouvé son voisin, elle guette la moindre de ses sorties dans le jardin et dépose des repas pour un régiment devant sa porte.

Après le déjeuner, Arthur s'endort à l'ombre du vieux chêne vert. Les nuits restent difficiles. Il ne dort pas moins qu'avant l'accident, mais le peu de sommeil qu'il trouve est hanté par des cauchemars récurrents. Il craint qu'un simple oubli puisse engager la vie d'autrui – le four qui prend feu, l'eau qui déborde, une fuite de gaz. Et il redoute qu'un matin Amandine, Nina ou, pire que tout, Louis le retrouve gisant au sol, mais conscient. Il serait alors emmené dans un centre spécialisé, où il perdrait à jamais son quotidien, ses souvenirs et son honneur. Et l'honneur, Arthur y tient, car c'est tout ce qui lui reste.

Avec l'amour inconditionnel de son petit-fils. Et de sa fille, peut-être aussi.

23

Quand je me réveille, après des nuits à me battre contre Morphée, je suis très crispé. Mes doigts surtout. Je déambule en silence en attendant que la douleur parte. Je perds du temps – parfois deux heures peuvent s'écouler ainsi –, alors que la maladie, elle, gagne du terrain.

Je n'oublie plus seulement les choses, leur place, leur fonction, j'oublie ce que je fais. Et parfois, dans la journée, la lucidité revient. Juste pour me faire mal.

Je passe mes journées à chercher mon carnet. Une fois sur deux, j'abandonne, car j'oublie que je le cherche.

Quand je parviens enfin à le retrouver, je l'accroche à mon chevet et m'évertue à écrire tous les jours. C'est une lutte : contre la vacuité de ce que j'écris, contre ma main qui décide de tout sans moi, contre ma tête qui hésite à chaque lettre. Même pour écrire mon nom.

Je reste seul avec mes doigts figés, mes yeux impuissants qui découvrent avec effroi les mots incorrects que ma tête et ma main ont complotés contre moi.

Bientôt, dans quelques mois ou une poignée d'années, écrire, raconter, se souvenir, tout cela sera impossible.

24

L'automne s'achève. Dans la forêt, les feuilles des arbres craquent sous les pieds. Avec son panier de Petit Chaperon rouge, qui jouait à cache-cache avec la patience d'Arthur, le grand-père et le petit-fils cherchent les derniers champignons de la saison. Nina a accepté l'invitation à découvrir le coin secret de son père pour la cueillette.

Dans les bois, ils ont tourné longtemps, suivant le pas d'abord décidé, puis hésitant d'Arthur, qui a rebroussé chemin à de nombreuses reprises. Louis connaît tous les secrets de son grand-père : ses orgueils de jeunesse comme ses pudeurs de vieillesse, ses techniques de pêche comme ses coins à champignons. Alors, il a pris le relais et l'a aiguillé jusqu'à son paradis secret.

Des girolles, des cèpes, des bolets, il n'y a qu'à se pencher. Arthur et Louis s'en donnent à cœur joie. Nina, qui sait les reconnaître grâce à sa mère, scrute discrètement chaque nouvel entrant dans le panier.

Sur le chemin du retour, Louis a gardé le bras de son grand-père pour le guider et en a profité pour le serrer tout contre lui. Nina a attrapé l'autre.

Une fois rentrés à la maison, Nina et Arthur s'affairent en cuisine. Louis leur a promis de l'aide, mais la tentation des mûres du jardin a été plus forte.

— Alors, mon omelette aux champignons ? demande le grand-père, très fier, à ses deux invités installés à table.

— C'est pas mal, mâchouille Louis, mais j'ai pas très faim…

— Tu m'étonnes ! rétorque le grand-père. T'étais en train de dévaliser les toutes dernières mûres de mon roncier et maintenant, bizarrement, tu n'as plus faim. En plus, tu m'avais dit que tu voulais apprendre ma recette spéciale…

— Oups ! J'ai pas pu résister, Papy. Désolé…

— Ça va, tu sais bien que j'excuse tout pour de la gourmandise… Vous sauriez les reconnaître ? continue le grand-père. Là, le tout flasque, c'est un… *mollet* !

— Ah oui, j'ai un bolet moi aussi, corrige Nina. Enfin, j'ai surtout des chanterelles, poursuit-elle en enfournant plusieurs champignons, avant de faire une drôle de tête.

— Moi, j'ai surtout des arêtes, Papy… C'est normal ? À moins que ce soit ta recette spéciale ?

Nina lance un regard étrange à son fils : Louis ne saurait interpréter s'il s'agit d'un clin d'œil ou d'un signe qu'il aurait mieux fait de se taire.

— Ah, ça, c'est rien ! Ce sont des aiguilles de pin. Oui, vois-tu, Moussaillon, j'ai malheureusement manqué de mon commis habituel pour m'aider. Ta mère étant au dessert…

— Oui, j'espère qu'il vous reste une petite place, j'en ai fait pour quinze !

— C'est dommage, il n'y en aura pas assez pour Louis. Que pour Nina et moi… se moque-t-il, tendrement.

— Désolé, Papy… Pardon.

— Ça va, un jour, j'aurai tout le temps que je veux pour me reposer.

Le garçon baisse les yeux. Il sait que son grand-père dit vrai. Il sait que la demi-éternité, ce n'est pas l'éternité entière et infinie. Qu'un jour son grand-père choisira de faire un petit signe et partira sur la mer.

Sans rien remarquer des yeux brillants de ses invités, Arthur reprend :

— Parlons plutôt de choses sérieuses : alors, ce gâteau au chocolat ?

25

Un Noël de plus. Quand le dîner du réveillon s'achève, il ne reste rien de la bûche en chocolat. Louis se met soudain debout, très solennel.

— Avec Maman, on avait une dernière surprise pour toi, Papy.

— Encore ? s'exclame le grand-père. Mais vous venez de m'offrir un Nipad ! Je n'ai jamais été autant gâté…

Louis sautille jusqu'à la porte d'entrée. Il l'ouvre en déclarant : « Joyeux Noël, Papy ! »

Dans l'embrasure se détache alors la silhouette de Micheline, qui ne peut retenir un sourire coquin.

— Heu… Non, le cadeau, ce n'est pas moi, glousse-t-elle, rouge de plaisir. Mais, depuis le début de la soirée, j'ai un invité spécial que je garde chez moi et qui est impatient de vous rencontrer.

Arthur se lève à son tour, intrigué, et s'approche. Le parfum fleuri de Micheline a déjà embaumé la pièce. Sur le seuil de sa porte, un beau nœud rouge entoure le cou de son présent :

une chienne à poil long, joli mélange entre un labrador et un golden retriever.

Un sourire illumine le visage d'Arthur : on dirait celui d'un enfant.

— Moi qui avais toujours rêvé d'avoir un chien ! Enfin, je crois, ajoute-t-il dans un éclat de rire. Je ne me le suis jamais autorisé… Cette chienne est magnifique.

— Et très sage ! Ça fait des semaines qu'on l'éduque avec Maman ! explique Louis. On a même fait appel à un éducateur. Elle va t'aider à marcher lentement, à ramasser ce qui est par terre et à te le donner. Et puis, tous les jours, vous irez ensemble faire votre balade à la mer. Vérifier que les vagues sont toujours là, suggère-t-il en faisant un clin d'œil.

— Je ne sais pas quoi dire… bafouille Arthur, les joues roses d'émotion. Merci. Vraiment… Je ne vais plus être tout seul maintenant.

La chienne vient poser sa tête sur la jambe d'Arthur pour réclamer les caresses de son nouveau maître.

— Tu veux l'appeler comment ? demande le garçon.

— Je ne sais pas… Il faut que je réfléchisse. C'est sérieux comme sujet.

— Alexanor, peut-être ? tente-t-il.

— C'est une bonne idée, mais j'ai déjà le mien, fait remarquer Arthur en se tournant vers le papillon encadré que son petit-fils a dessiné pour lui.

Il regarde au loin, convoque ses souvenirs, des sensations, puis sourit.

— J'ai trouvé. Elle mérite mieux ! Madame n'est pas un papillon, elle n'est pas volage, elle est fidèle. Roxane… dit-il en caressant la douce tête du golden retriever. Qu'en penses-tu, ma belle ?

Le grand-père reste un instant les yeux au loin, puis rompt le silence.

— J'ai quelque chose pour toi aussi, Louis.

Arthur se lève avec précaution, fait des petits pas jusqu'à son bureau, désormais toujours ouvert, et revient avec un paquet rectangulaire, assez fin.

Intrigué, le garçon décolle le papier avec soin. Lorsqu'il ouvre la première page, il reconnaît cette écriture presque illisible, ces lignes hésitantes… Il ne s'attendait vraiment pas à ça. Les carnets de son grand-père.

Et sur la première page, une dédicace :

Pour Louis, le tourbillon de ma vie.

26

Les mois défilent. Sur la porte du frigo, il est désormais écrit « frigo », « sucré » sur le placard à douceurs, « salé » sur celui des condiments, ainsi que « chaud » et « froid » en rouge et bleu à chacun des robinets. Il y a des mémos sur chaque placard, et les prénoms sous chaque photo.

Louis continue de lui rendre visite une fois par semaine. Les leçons de comédie se poursuivent. Il y a moins de déguisements, car Arthur est souvent fatigué de se changer. Il y a moins de nouveaux rôles aussi, parce que la maladie arrache peu à peu les pages des textes jusqu'ici connus par cœur.

— Tu sais, Louis, fut un temps où je pouvais réciter toutes mes répliques sur le bout des doigts, affirme le grand-père, particulièrement bavard.

— C'était laquelle, ta préférée ?

— Les adieux de Cyrano à Roxane.

Louis l'aurait parié.

— Je l'ai jouée plusieurs fois, tu sais. Ce qui était incroyable, c'était la métamorphose quotidienne du théâtre pour accueillir chacune des pièces. Là-bas, tout change deux fois par jour, radicalement, comme le spectacle des marées. Aujourd'hui, si je pénétrais dans mon ancien théâtre, je ne reconnaîtrais plus rien, ni les décors, ni les odeurs.

— Tu ne m'avais jamais raconté ! s'émerveille Louis.

— Ah bon ?

— Dis, Papy, je suis sûr que tu te souviens encore par cœur de ta tirade ! l'encourage-t-il. Moi, je la connais un peu maintenant… grâce à toi. Tu me la ferais ?

Arthur se redresse sur son lit, s'éclaircit la gorge et commence.

— « Et je voudrais crier… / Adieu ! (…) Mon amour !… / Mon cœur ne vous quitta jamais une seconde, / Et je suis et serai jusque dans l'autre monde / Celui qui vous aima sans mesure… »

Rapidement, il cherche ses mots, bafouille, hésite, et ses yeux s'embuent. Il ne sait plus. Même Cyrano l'abandonne. Il ne comprend ni ce qu'il doit dire, ni pourquoi il se met dans un tel état. Ce n'est qu'un texte après tout, ce n'est pas sa vie à lui.

Le jeune garçon pose la main sur son épaule et lui susurre à l'oreille :

— Si tu veux, on la récite ensemble, à force de t'entendre, je la connais maintenant… « Mais je m'en vais, pardon, je ne peux faire attendre : / Vous voyez, le rayon de lune vient me prendre ! (…) Oui, vous m'arrachez tout, le laurier et la rose ! / Arrachez… »

Le grand-père s'arrête. Il est à nouveau perdu. Louis lui souffle :

— « … Il y a malgré vous quelque chose / Que j'emporte, et ce soir, quand j'entrerai chez Dieu / Mon salut balaiera largement le seuil bleu, / Quelque chose que sans un pli, sans une tache, / J'emporte malgré vous / et c'est… c'est, c'est, mon panache. »

Louis pose un baiser sur la joue de son grand-père et file au petit coin.

27

Au théâtre, la vérité, le véritable tombé de masque se loge après les saluts. Lorsqu'on se démaquille lentement, que l'on quitte les habits de lumière en même temps que la vie de prince, que l'on se défait du héros mort fièrement sur scène, pleuré par toute une troupe et une salle comble, et que l'on redevient celui que l'on était avant d'entrer sur scène.

On retrouve alors ses vêtements terriblement ternes, convenus, ennuyeux ; et l'on se sent seul. Seul, entouré de tout ce silence, sans les autres, qui n'existent et ne brillent que par leur absence. Personne pour applaudir lorsqu'on débarrasse la table du petit-déjeuner, personne pour acclamer au balcon quand on ferme les volets, personne pour éteindre les lumières derrière soi. On a enlevé les couleurs, dépoussiéré les paillettes, le doré, le précieux, le brillant, et l'on replonge dans un songe réel en gris, en noir et en blanc.

Des promesses, des espoirs et la vie toujours qui nous rattrape. Quoi qu'il arrive, le dernier acte a toujours lieu.

28

L'année est passée, l'automne reprend déjà ses quartiers. Les saisons, comme les marées, reviennent inlassablement. Les feuilles des arbres – rouges, orange, jaunes, vertes, marron – offrent un arc-en-ciel pour les observateurs les plus attentifs.

Les jours de beau temps, Louis emmène son grand-père à la plage. Roxane, toujours, les accompagne. Dans la mesure où il considère qu'il fait beau dès lors qu'il ne pleut pas, c'est quasiment une sortie hebdomadaire. Ils font une balade en bord de mer, jamais bien longue, bras dessus bras dessous. Puis, ils s'assoient sur un banc, toujours le même, et ils regardent la mer. En silence.

Leurs épaules l'une contre l'autre. Louis attrape la main de son grand-père et caresse le bout de ses doigts fripés. Il n'est jamais parvenu à rester assez longtemps dans l'eau pour gagner cette bataille. Ce n'est pas faute d'avoir essayé.

Avec Arthur, il y a des jours avec et des jours sans. Il cherche souvent ses mots et saute parfois du coq à l'âne. Seule Roxane comprend tout ce qu'il dit et ne dit plus. Mais Louis ne baisse pas les bras. Il l'encourage, improvise, lui raconte des histoires en essayant chaque fois d'ajouter, comme Arthur se plaisait à le faire, de nouveaux détails.

Louis ne pensait pas endosser son premier rôle si tôt. Ce n'est pas grave s'il doit souffler un mot, improviser, réécrire le texte. Au pays de l'oubli, on peut enchanter, enjoliver le quotidien et faire rêver les grands enfants. La nature déteste le vide. Alors, à chaque question, à chaque activité, à chaque photo, Louis lui réinvente une vie pleine de bonheur et de réconciliations.

Les papillons les plus rares ont été découverts, les poissons les plus gros ont été pêchés, une carrière au théâtre où l'angoisse de la scène et la peur du trou noir n'existent plus, des déclarations d'amour de sa mère, de son frère et de sa fille.

La seule histoire que Louis n'a pas besoin de réécrire pour Arthur, c'est la leur.

29

Laissez-moi flotter dans ma rêverie, plus douce, plus cotonneuse que la réalité. Au large, un bateau. Il est l'heure. Enfin. La moitié de l'éternité…

La main sur la bouée de l'arrivée, je souris. La mouette se pose sur le gonfleur jaune à mes côtés. Elle reste là. Je ferme les yeux et laisse le soleil réchauffer mon visage.

Ils sont tous là. Mon grand-père, mon frère, mon père, ma mère, ma femme, celle qui a fait battre mon cœur plus vite que les autres. Tous me sourient.

Attendez. Juste une minute. Une dernière minute avant de partir. Le temps d'un dernier film. Celui de ma vie.

Des souvenirs qu'il me reste, je ne garde que le meilleur. La complicité avec mon frère pendant nos parties d'échecs endiablées, les sorties pêche avec mon grand-père et son chien, les bonheurs du théâtre et les fous rires avec mes partenaires.

Et de l'autre côté du rivage, je te vois, Louis.

Toi, mon guide dans cet ultime voyage, le plus courageux de nous deux. Embrasse ta mère pour moi. Grâce à toi, j'ai gagné son pardon.

Le rideau tombe, une dernière fois.

Mais je vivrai encore un peu, Louis, tant que toi, tu ne m'oublieras pas.

30

Arthur est au lit, assoupi. L'automne tire sa révérence. Le ciel, dégagé, est d'un bleu resplendissant en cette fin de matinée. Les oiseaux piaillent et semblent se moquer du froid. Accrochée à la boule de graines, une mésange joue l'équilibriste.

Sur la pointe des pieds, Louis entrouvre la fenêtre et laisse passer un rai de lumière sur le visage de son grand-père. Un vent d'air frais porte l'odeur de la mer jusqu'à l'intérieur de la chambre. Il choisit un vinyle, qu'il place sur le vieux tourne-disque. La musique pour soigner les maux. Et retrouver les mots.

Aux premières notes, son grand-père se retourne avec lenteur, puis lui sourit. L'adolescent sait que la musique l'aide, cette chanson particulièrement. Sa préférée. Le disque était d'ailleurs resté sur le dessus. La chanson d'Hélène, musique du film *Les Choses de la vie*. Avec Romy. Et quelques notes de piano.

Roxane vient caler sa tête sur le lit d'Arthur et, de son museau, lui réclame une caresse. Louis s'assoit à côté de son grand-père et lui prend la main.

Tous deux restent là, silencieux. Ils ferment les yeux, se laissent porter par la mélodie. On frappe à la porte et, sans attendre de réponse, quelqu'un entre.

— Bonjour, Papa. Alors, comment vas-tu aujourd'hui ? Je t'ai apporté un dessert qui devrait te plaire. Devine ce que c'est…

Arthur reste immobile. La musique continue de déverser ses notes douces. Il sourit toujours, son visage est apaisé. Il a les yeux posés sur la mouette. Il est parti. Il a quitté sa cage dorée, sa prison de cauchemar. Il s'est libéré. Envolé.

31

Une brise légère souffle sur mon visage. Je reconnais l'odeur de la mer. Compagne fidèle, qui part et revient toujours.

Je la regarde et me demande si la nuit, contrairement à moi, elle dort.

Je sens la chaleur du sable fin sous mes pieds, le froid de la mer qui me mord les chevilles, le goût de la pluie d'été et le parfum de la glace au chocolat qui fond sur les lèvres. Était-ce hier ou aujourd'hui ? Il y a dix ans, vingt ans, ou est-ce encore à venir ?

Le temps a finalement peu d'importance.

Ce que je retiens de tout ce voyage, c'est cette voix. Cette petite voix que j'aime de tout mon cœur et qui crie :

— Papy ! On nage jusqu'à la bouée ?

Épilogue

Louis est seul, assis face à la mer. Il regarde les vagues, inépuisables. Ses épaules sont devenues carrées, plus robustes aussi.

Derrière lui, le kiosque à glaces.

— Bonjour, Rose. Je vais vous prendre deux cônes, s'il vous plaît.

— Quels parfums vous feraient plaisir, jeune homme ?

Depuis tout petit, chaque fois qu'elle l'appelle ainsi, Louis sent ses joues s'empourprer. Il observe la jeune femme. Il attend avec impatience que sa mèche rebelle cuivrée tombe devant son visage et qu'elle la repousse d'un souffle élégant. Il aime ses yeux qui sourient avec ses petites marques de bonheur autour. Elle est vraiment très belle, mais pas autant que son amoureuse à lui, qui l'attend sur la plage. Il reprend d'une voix assurée :

— Les deux au chocolat, s'il vous plaît.

Alors qu'il patiente, quelques gouttes de pluie commencent à tomber. Derrière lui, des serviettes et des parasols se referment aussitôt. Les adultes s'activent, les enfants, eux, finissent leurs châteaux de sable tranquillement. Au loin, Nina a déjà replié ses affaires et remonte la plage avec difficulté. Roxane la suit en frétillant. La chienne s'approche de Louis et, avant de retrouver leur maison, réclame une dernière caresse à son maître.

Arrivée à sa hauteur, Nina lui lance un regard interrogateur :

— Depuis quand aimes-tu la glace au chocolat ?

Et Louis de répondre, théâtral :

— Mais, Maman, tout le monde aime le chocolat.

Pour vous en dire plus

On m'a souvent demandé si j'allais écrire sur cette période que nous traversons tous depuis plus d'un an. Pour moi, c'était une évidence que non. Et pourtant…

Du confinement est née une souffrance. Celle d'être coupée de mes proches, d'être privée de leurs bras, d'être obligée de remettre nos moments privilégiés à plus tard.

Attendre. Combien de temps ? Repousser. Jusqu'à quand ?

Les jours ont filé, puis les semaines. Le sentiment d'urgence a grandi. Savoir mes grands-parents seuls, séparés, privés de visites et de sorties, m'a hantée. Je me suis demandé s'ils allaient tenir le coup. Je me suis demandé comment ils occupaient leurs journées. Je me suis demandé à quoi ils pensaient, s'ils pensaient à nous, à nos souvenirs ensemble ou si, chaque jour, nous ne nous effacions pas un peu plus de leur mémoire.

Passé un certain âge, les années comptent davantage. Le sablier accélère, lorsque se profilent les derniers grains de sable. Il n'y a plus de temps à perdre. Il faut profiter de chaque instant, ne rien retenir, dire à ses proches ce qu'on a sur le cœur. Moi, j'écris, car je ne sais pas dire les mots qui comptent, à ceux qui comptent plus encore.

Je sais que certains d'entre vous commencent la lecture de mes romans par ces pages : je ne vais donc rien dévoiler de l'histoire. Juste dire que la fin est délibérément une ellipse. Pour rester *du côté de la vie*. Toujours.

J'ai écrit ce roman pour toutes celles et ceux qui font de leur mieux en pensant d'abord aux autres. Comme Louis, Nina, Amandine. Pour toutes celles et ceux qui se sont démenés – chacun à sa manière, avec de petites attentions ou de grandes initiatives, avec leurs espoirs, leurs moyens, leurs idées, leur énergie, leur générosité –, pour que la solitude ne tue pas. Pour qu'on n'oublie pas nos proches, et que eux non plus ne nous oublient pas.

Je conclurai par une lettre que j'ai écrite pendant le premier confinement, mais que je n'ai jamais envoyée. Cela m'a serré le cœur de l'écrire, de la relire aussi. Mais mettre des mots sur l'absence, le manque, m'a fait du bien. Je tenais à la partager avec vous parce qu'elle a été le point de départ de ce roman.

« Chère Maman,

Je pense à toi depuis ma Bretagne. Je pense à toi, qui es bien seule – ou presque –, dans ta cité HLM.

Je viens de t'appeler et je tombe mal. Tu rentres juste des courses et tu n'as même pas encore eu le temps de te laver les mains. Il faudra désinfecter le téléphone en plus du reste.

"*Comment vas-tu, Maman ?*" je te demande, inquiète.

Depuis quelque temps – depuis que tu ne peux plus donner la vie précisément – tu attrapes tout. La nature est cruelle, elle sacrifie ceux qui ne lui servent plus tout à fait. Toi, à l'aube de tes 60 ans, toi qui, en quarante années de carrière en école maternelle, n'as jamais attrapé le moindre petit rhume, tu tombes désormais malade au premier courant d'air.

"*Ça va*, soupires-tu. *Le train-train. Ah si, j'ai fait une tarte au citron hier, elle était bonne comme tu les aimes. Je la referai. Quand je pourrais vous voir, toi et les enfants. À part ça, rien de spécial.*"

Je souris. Tu as fait le gâteau que tu me faisais petite pour mon anniversaire. J'ai soufflé sans toi une bougie de plus hier, mais tu l'as fait quand même.

Tu as trouvé ta nouvelle routine. Mais tu t'accordes toujours aussi peu de temps. Le midi, tu déjeunes à peine : une tranche de jambon et une feuille de salade. C'est tout. Puis tu t'installes sur ton balcon. Pour prendre l'air avec ton café. Pour prendre un peu le soleil entre les barreaux. Pour prendre ce que l'on ne peut pas t'enlever. Quelques minutes de détente, à l'ombre de ton parasol coloré, avec vue plongeante sur les tours du quartier.

En fin d'après-midi, tu grimpes sur ton vélo d'appartement et tu fais ta demi-heure. Pendant ta séance, tu scrutes ton séjour. Tu as bien travaillé : pas un grain de poussière, pas le moindre désordre. Et pourtant, je sais qu'au fond de toi, tu aimerais bien qu'un peu de vie revienne tout chambouler : mes fils n'ont pas ouvert ton coffre à jouets, ni dérangé tes bibelots depuis trop longtemps.

À 20 heures, tu te postes sur ton balcon et tu applaudis. Tu côtoies un paquet d'aides-soignantes, toi qui passes ta vie à gérer leurs allées et venues auprès de tes parents, à prendre des rendez-vous, à attendre au bout d'un téléphone, qui sonne dans le vide, qu'on daigne te répondre.

Tu me dis que Pépé se sent très seul dans son appartement. À s'ennuyer, à ne rien faire. Sans pouvoir utiliser le téléphone, la radio ou la télé, car il n'entend plus rien ; sans lire aussi, car il ne voit plus rien non plus. Désormais privé de tes visites, pas étonnant qu'il trouve le temps long…

Maman, toi qui, d'ordinaire, passes voir ton père de 94 ans chaque semaine, tu as dû modifier tes habitudes : tu t'y rends le moins possible et tu restes à distance. Avec ton masque fait maison qui t'empêche de respirer et te donne des bouffées de chaleur. Tu as même failli t'évanouir l'autre jour.

Une fois dans sa petite chambre, tu fais au plus vite. Juste le temps de déposer les courses, de passer le balai et de récupérer le linge à laver. Tu ne l'embrasses plus non plus, tu n'en as plus le droit. *Proche*, ce mot ne veut plus dire grand-chose.

Alors, tu fais en sorte de lui simplifier la vie. Tu lui as donné ton micro-ondes, car Pépé n'avait plus le cœur à cuisiner. Tu as collé des gommettes sur l'appareil pour qu'il ne se trompe pas sur le temps de cuisson. Tu lui as préparé des plats qu'il aime et qu'il peut encore manger sans s'étrangler. Tu me dis qu'il est content, que le hachis Parmentier de la semaine dernière, ça lui a rappelé le bon vieux temps. Tu as également pris soin de lui acheter sa marque de Rillettes préférée, pas la sous-marque qu'il privilégie d'ordinaire pour ne pas faire de folies.

Tu ne me l'avoues pas, mais j'entends dans tes silences que tout cela te pèse. De vouloir aider, mais de ne pas pouvoir faire grand-chose. Ni pour ton père, ni pour ta mère. Alors, un pot de Rillettes, c'est mieux que rien.

On pourrait croire que le confinement ne change rien pour nos anciens. Les sorties, les visites, ils n'en avaient déjà pas beaucoup. Et pourtant chaque jour qui passe est comme un jour de perdu. À cet âge-là, ils n'ont plus le temps de le rattraper. Le temps, c'est tout ce qu'il leur reste, c'est ce qu'ils ont de plus précieux. Pour eux, *demain* ne s'écrit plus au futur, mais au conditionnel.

Pour ces vacances de Pâques, tu attendais avec impatience de voir mes enfants, mais cela ne se fera pas. Tu restes seule chez toi avec leurs œufs en chocolat. Tu les gardes en attendant. En attendant de les revoir, mais quand ? Personne ne le sait vraiment.

Alors, je t'envoie régulièrement des photos, de leurs dessins, de leur progrès en vélo. J'évite de t'envoyer celles où il fait trop beau, celles où ils s'empiffrent d'autres chocolats de Pâques que les tiens, celles où ils ont l'air heureux.

Je te dis que je vais appeler Mémé pour prendre de ses nouvelles, tu m'invectives presque : "*Ne l'appelle pas maintenant, malheureuse. Elle est à table ! Et après, c'est la sieste. Attends 15 heures au moins !*"

Alors, je vais attendre. Comme nous tous. Attendre. Encore. Attendre qu'il soit l'heure. L'heure de se dire les choses, de se prendre dans les bras, de se souhaiter le meilleur, de reprendre une vie normale, une vie tout court. En attendant que reparte enfin le véritable tourbillon de la vie.

"*Allez, je t'embrasse, ma chérie, bonne journée*", me dis-tu soudain pressée de raccrocher. Il est bientôt 13 heures et tu vas prendre du retard sur ton nouveau train-train. Celui au service des autres. Celui où tu t'oublies encore, mais ne te plains jamais.

Maman, je pense à toi, qui viens de raccrocher. Tu files dans la salle de bains et décroches le linge sec de Pépé. Je te vois : tu le plies avec le même amour et le même dévouement que lorsque tu t'occupes des vêtements de mes enfants. Tu le lui apporteras bientôt, quand les choses iront mieux, et tu repartiras avec le sentiment du devoir accompli.

Et le cœur un peu moins lourd aussi…

Je t'embrasse, Maman.

Ta fille, qui t'aime. »

Et pour finir

Merci à Pauline Faure, mon éditrice, qui a cru en cette histoire avant tout autre. À Olivier aussi, mon mari, premier lecteur aux conseils toujours pertinents, justes, éclairants. À ma famille, mes parents, mes grands-parents : Pépé, Mémé, Madée et Arthur.

Merci aux équipes de Fayard, qui m'accompagnent avec passion depuis cinq ans déjà. Ensemble, que le chemin est beau et la route devant nous prometteuse. Merci pour votre confiance.

Merci à l'équipe du Livre de Poche, qui continue de faire découvrir mes romans au plus grand nombre, de les faire lire en écoles (*Mémé dans les orties*, *Au petit bonheur la chance*, *Né sous une bonne étoile*), d'aider à démocratiser la lecture, engagement cher à mon cœur.

Merci aux libraires, aux bibliothécaires, aux responsables de salons pour votre soutien, vos invitations, vos messages qui me vont droit au cœur. Une année bizarre, où l'humain a manqué. C'est étrange de mettre au monde un bébé littéraire et de ne pas pouvoir vous le présenter.

Et Merci à vous, chers lecteurs. Ma gorge se serre. Sans vous, sans votre fidélité, sans votre confiance, ce nouveau roman n'existerait pas. Merci de vous laisser porter par mes histoires qui ne sont jamais les mêmes et qui vous emmènent parfois là où vous ne pensiez pas aller. Merci, à la lecture de mes mots, de laisser sortir vos souvenirs, vos émotions. Merci de parler de mes histoires avec autant d'amour à vos proches, vos amis. Merci de m'accueillir chez vous – dans votre lit, à votre travail, dans le métro –, et de me faire une petite place dans votre vie, comme l'écrivain de la famille. J'ai hâte de pouvoir vous retrouver en librairie.

Enfin, une dernière pensée pour eux. Jules et Gaspard. Mes fils. Dont je fige l'enfance, les mots, les bêtises dans mes histoires. Merci mes chéris, vous grandissez bien trop vite, mais je vous aime quand même. Sans vous, rien de cela ne serait possible. Votre philosophie « haute comme trois pommes », personne ne pourrait l'inventer. Ce n'est pas un hasard, si j'ai commencé à écrire à la naissance de mon premier enfant. Quel cadeau, vous me faites chaque jour ! Du fond du cœur, chers tourbillons de ma vie, Merci.

POUR RETROUVER L'AUTRICE

Instagram : aurelie_valognes
Facebook : Aurelie Valognes auteur

POUR SUIVRE L'ACTUALITÉ DE L'AUTRICE

Inscrivez-vous à la newsletter sur son site :
www.aurelie-valognes.com

Aurélie Valognes
au Livre de Poche

Mémé dans les orties n° 34058

Ferdinand Brun, 83 ans, solitaire, bougon, acariâtre – certains diraient : seul, aigri, méchant –, s'ennuie à ne pas mourir. Son unique passe-temps ? Éviter une armada de voisines aux cheveux couleur pêche, lavande ou abricot. Son plus grand plaisir ? Rendre chèvre la concierge, Mme Suarez, qui joue les petits chefs dans la résidence. Mais lorsque sa chienne prend la poudre d'escampette, le vieil homme perd définitivement goût à la vie… jusqu'au jour où une fillette précoce et une mamie geek de 92 ans forcent littéralement sa porte, et son cœur. Un livre drôle et rafraîchissant, bon pour le moral, et une véritable cure de bonne humeur !

En voiture, Simone ! nº 34472

Pour une comédie familiale irrésistible, il vous faut : un père, despotique et égocentrique, Jacques. Une mère, en rébellion après quarante ans de mariage, Martine. Leurs fils, Matthieu, éternel adolescent mais bientôt papa de trois enfants ; Nicolas, chef cuisinier le jour et castrateur tout le temps ; Alexandre, rêveur mou du genou. Et… trois belles-filles délicieusement insupportables ! Stéphanie, mère poule angoissée ; Laura, végétarienne angoissante ; Jeanne, nouvelle pièce rapportée, féministe et déboussolée, dont l'arrivée va déstabiliser l'équilibre de la tribu. Mettez tout le monde dans une grande maison en Bretagne. Ajoutez-y Antoinette, une grand-mère d'une sagesse à faire pâlir le dalaï-lama, et un chien qui s'incruste. Mélangez, laissez mijoter… et savourez !

Minute, papillon n° 34863

Rose, 36 ans, mère célibataire, est une femme dévouée qui a toujours fait passer les besoins des autres avant les siens. Après avoir perdu son père et son emploi, la jeune femme apprend que Baptiste, son fils unique de 18 ans, quitte la maison. Son monde s'effondre. Cette ex-nounou d'enfer est alors contrainte d'accepter de travailler comme dame de compagnie pour une vieille dame riche et toquée, Colette, et son insupportable fille, la despotique Véronique. Et si, contre toute attente, cette rencontre atypique allait changer sa vie ?

Au petit bonheur la chance n° 35289

1968. Jean a six ans quand il est confié du jour au lendemain à sa grand-mère. Pour l'été. Pour toujours. Il n'a pas prévu ça. Elle non plus. Mémé Lucette n'est pas commode, mais dissimule un cœur tendre. Jean est un tourbillon de fraîcheur pour celle qui vivait auparavant une existence paisible, rythmée par ses visites au cimetière et sa passion pour le tricot. Chacun à des étapes différentes sur le chemin de la vie, Lucette et Jean vont s'apprivoiser en attendant le retour de la mère du petit garçon. Ensemble, ils découvrent que ce sont les bonheurs simples qui font le sel de la vie.

La vie est mal faite : à trente-cinq ans, on n'a le temps de rien ; à soixante-cinq ans, on a du temps, mais encore faut-il savoir quoi en faire… Bernard et Brigitte en savent quelque chose. Depuis qu'elle a cessé de travailler, Brigitte profite de sa liberté retrouvée et s'investit dans son rôle de grand-mère. Pour elle, ce n'est que du bonheur. Jusqu'au drame : la retraite de son mari. Car, pour Bernard, troquer ses costumes contre des pantoufles, hors de question ! Ajoutez à cela des enfants au bord de la crise de nerfs, des petits-enfants infatigables, et des voisins insupportables…

Né sous une bonne étoile n° 36077

À l'école, il y a les bons élèves... et il y a Gustave. Depuis son radiateur au fond de la classe, ce jeune rêveur observe les oiseaux dans la cour. Le garçon aimerait rapporter des bonnes notes à sa mère, mais ce sont surtout les convocations du directeur qu'il collectionne. Pourtant, Gustave est travailleur. Il passe plus de temps sur ses devoirs que la plupart de ses camarades, mais contrairement à eux ou à Joséphine, sa grande sœur pimbêche et première de classe, les leçons ne rentrent pas. Pire, certains professeurs commencent à le prendre en grippe. À force d'entendre qu'il est un cancre, Gustave finit par s'en convaincre, sans imaginer qu'une rencontre peut parfois changer le cours des choses...

De la même autrice :

Mémé dans les orties, Michel Lafon, 2015 ; Le Livre de Poche, 2016.

Nos adorables belles-filles, Michel Lafon, 2016 ; rebaptisé *En voiture, Simone !*, Le Livre de Poche, 2017.

Minute, papillon, Mazarine Fayard, 2017 ; Le Livre de Poche, 2018.

Au petit bonheur la chance, Mazarine Fayard, 2018 ; Le Livre de Poche, 2019.

La Cerise sur le gâteau, Mazarine Fayard, 2019 ; Le Livre de Poche, 2020.

Né sous une bonne étoile, Mazarine Fayard, 2020 ; Le Livre de Poche, 2021.

La Ritournelle, Fayard, 2022.